不忘初心，方得始终

BUWANG CHU XIN, FANGDE SHI ZHONG

凌茜——著

长江出版传媒
长江文艺出版社

新出图证（鄂）字 03 号

图书在版编目（CIP）数据
不忘初心，方得始终 / 凌茜著 .
-- 武汉 : 长江文艺出版社 , 2013.7 （2017.12 重印）

ISBN 978-7-5354-6612-9

Ⅰ . ①不… Ⅱ . ①凌… Ⅲ . ①散文集 - 中国 - 当代
②随笔 - 作品集 - 中国 - 当代 Ⅳ . ① I267

中国版本图书馆 CIP 数据核字（2013）第 070762 号

著作权合同登记号：图字 17 - 2017 - 342

本著作物经厦门墨客知识产权代理有限公司代理，由松果体智慧整合行销有限公司授权北京时代华语图书股份有限公司，经长江文艺出版社，在中国大陆出版、发行中文简体字版本。

责任编辑：吴 双 孟丽娜 策 划：孙文霞
书籍装帧：朝 霞 责任印制：张 涛
责任校对：孙文霞

出版：长江出版传媒 | 长江文艺出版社
地址：武汉市雄楚大街 268 号 邮编：430070
发行：长江文艺出版社
北京时代华语图书股份有限公司 （电话：010-83670231）
http：//www.cjlap.com
印刷：北京市松源印刷有限公司

开本：880 毫米 ×1230 毫米 1/32 印张：8
版次：2013 年 7 月第 1 版 2017 年 12 月第 23 次印刷
字数：150 千字

定价：39.80 元

不要失去自我，你一旦放弃自我，
就再也找不回来了。

——美国教育家和演说家 利奥 · 巴士卡力

目　录

作者序　每个人，都有放下与离开的权利　001

PART 1

依附在别人的剧本里，你将永远找不到自己

别为爱放弃了自己　003
永远没有空的爱情　007
爱情中不需要替身　012
婚姻幸福长久的秘方　016
别捏死你的爱情　021
为何吵架反而好?　026
不说“不”，不代表不会伤害　030
没擦干净的那扇窗　034
满脸雀斑的女孩　038
发馊的菜肴　041
遇上处女情结的男人　045
男友很忙，忙着约会　048
不想扶正的第三者　052

别让怀疑的种子发芽 055
包容才能让爱长久 059
吃力不讨好的爱情演员 062
失去滋味的面店 066
为何好心会被雷劈？ 069
别让苛求打败真爱 073
她们不爱好男人 077
“对小姐”变“错小姐” 081
后悔莫及的青年 084

PART 2
人生牌局拿什么牌命中注定，如何出牌操之在己

为何天作之合却不合 089
鸡腿与鸡肋 093
为何只能孤独过一生? 096
感谢生命中的烂桃花 100
一双高跟鞋的启示 103
女大男小的恋爱 107
香水与果酱的选择题 110

鸵鸟心态的丈夫 114
丈夫升职记 117
爱与性之间的课题 122
异性友谊行不行? 125
愈宠就会愈坏 129
不回家的秘密 132
取走眼中的那粒沙 136
丈夫的领悟 140
好运只在一念间 145
男子的两个凶老婆 149
为了老鼠打坏房子 154
伤人的暧昧关系 157
别让好意变质 161
得理不妨饶人 164

PART 3

当下的选择与决定，造就你未来的人生

从此过着幸福快乐的生活? 169
找到对的人，从改变错的自己开始 173

选择能让你做自己的人 177
亲爱的控制狂 181
别嫁给你的恐惧 184
放下与放弃 188
差很大的情人 191
破产的董事长 196
等待花开的摊贩 199
看不见的那道伤痕 203
逼女儿结婚的母亲 206
被白蚁蛀掉的爱 210
为何不将鸟关进鸟笼 213
只有假期才拥有的恋人 217
万事只因不放心 220
当男友变成机器人 225
为何旧不如新 228
姐弟恋行不行 232
心灵的留白 235
选择美丽不如选择自在 239

作者序

每个人，都有放下与离开的权利

有个女子虽然条件不错，但感情之路总是走得坎坷；第一任男友脾气暴躁；第二任男友虽然脾气好，但却沉迷网络游戏不务正业；第三任男友总算正常一点，于是两人交往一段时间后终于步入礼堂。

女子以为这是幸福的开始，没想到孩子出生后丈夫便开始外遇不断，她将外遇的证据摊在丈夫面前，但丈夫总是嬉皮笑脸地否认一切，要不然就是毫无诚意地道歉，然而外遇还是不断发生，甚至还有外面的女人打电话到家里向她示威。

无论女子如何规劝、吵闹甚至哀求，丈夫还是依然故我。当丈夫被惹毛了，还会对她破口大骂。

争吵成了女子与丈夫之间的家常便饭，在某次大吵以后，伤心欲绝的女子带着孩子来到海边，竟打算来个一了百了……

这故事是否令你耳熟？是否有许多情况不同，但类似的事件发生在你我周围，甚至就发生在我们自己身上？我们常感到在感情中受到伤害，悲愤自己的付出和收获不成正比。

爱情不是买卖，无法放在天平上计较公平得失；爱情也很难评断是非对错，只在于自己觉得值不值得。

有人因为苦苦付出得不到相对的回报而心生怨怼，但却忘了你所给的，未必是对方想要的；有人因为在感情中失败而失去自信，消极地认为自己不可能得到幸福，却忘了过去失败，并不代表未来也会失败。

沉溺在“以爱为名”的漩涡中，让我们常忘了，其实我们一直都拥有放下与离开的权利。

放下指的不只是离开一段不值得的感情，或是放下过去的创伤，更包括放下已见的坚持，承认自己在爱情中曾犯的错误，然后学着接受自己的不成熟，如此，我们才能变得更有智慧、更懂得爱的真谛。

我们无须放弃自我的坚持而为爱盲目妥协，但却可以试着在恋爱中学习，学会沟通、学会包容与尊重、学会适时放手的智慧。让每一次的恋爱，都使我们进化得更成熟，更懂得与自己和别人相处，更知道自己适合什么，要的又是什么。

好多年前有本图文书叫做《失落的一角》（*THE MISSING PIECE*），相信有不少人可能都读过这本书，书中没有太多的文字，却透过黑白线条的简单图画叙述了一个小故事：有个缺了一角的圆形走遍千山万水，只为了寻找它那缺少的一角。然而找到的对象总是不合适，也让它无比失落。

故事的最后，它终于找到了那失落的一角，成为一个完美的圆。然而这时它发现自从变成完美的圆后，它却滚得太快了，快得无法欣赏沿途的景致，错过许多美好的时光。它这才领悟，原来真正重要的不是完美的结果，而是过程中自我内在的成长与丰盈。

第四本书以两性议题为主，除了同样感谢出版社同仁付出的心血，也要特别谢谢“姐妹淘”网站给予的契机，让我除了实体书以外，也多了在电子媒体上发表专栏的机会。

不管你是单身、恋爱中、失恋中、已婚或者离婚，都希望我们能在爱与被爱的过程中让生命更丰盈、更充实，最后找到自己生命中属于幸福的那份答案。

PART 1

依附在别人的剧本里，你将永远找不到自己

01 别为爱放弃了自己

有爱情的生活是幸福的，

为爱情而生活是愚蠢的。

——谚语

一个就读大学法律系的女孩，最近和男友吵得很凶，因为男友竟趁着她忙着赶功课的时候，和其他的女人单独出游好几次。

女孩知道这件事之后根本无心念书，她将尚未赶完的报告放在一边，天天抱着电话和男友吵架。男友起先还有耐心敷衍与安慰她，到后来电话接烦了，干脆将手机关机。

“好，你敢不接我的电话，那我就一直打，打到你接为止！”女孩气愤地说。于是守着电话一直拨号，等到对方的手机进入语音信箱就挂断重拨，就这样打了一整天。

室友看不下去，便劝她：“你还是先将感情的事放一旁，专心准备功课吧，否则教授不但不可能让你毕业，或许还会将你退学！”

“我现在哪有心思管别的事！”女孩气呼呼地说，“这三年我的世界里就只有他！没了他，就算毕业又有什么意义？”女孩突然站起身：“不行，我得去找他问个清楚！”室友急忙将她拉住：“后天就要考试了，你这一去来得及准备吗？”“管不了那么多了！”女孩挣脱了室友，连夜乘车到男友家说清楚讲明白。

由于缺席，女孩考试理所当然拿了零分，但此时的她根本不在乎，一回到租处，女孩就大哭起来：“他说随我爱怎样，要分手也随我便！”

“既然这样，你就快点把这男人抛在脑后，专心准备报告，或许教授还会网开一面。”室友苦口婆心劝道，但女孩头一抬，坚决地说：“我跟他耗定了！”她又拿起电话打给男友……

交报告那天，女孩两手空空来到教授的办公室，教授问道：“你的事我都听说了，现在你和男友和好了吗？”

“是的，他答应跟第三者分手，回到我身边。”女孩低着头说。

“很好。”教授点点头，将退学通知书交给女孩，接着又说：“你的世界原本有成为法律人的梦想，也有志同道合的好友，还有期盼你学业有成的亲人。”

“现在你将自己的世界全部否定，只为了成为别人世界中的一个角色，希望你觉得值得！”

心灵小语

我有一个好友曾因为失恋想要寻死，事后她也觉得这样的行为真的很傻。

谈恋爱时很容易让人一头栽入，忘记身边的一切，但事实上爱情只是我们广大世界中的一环，就算没有爱情，我们充其量可能寂寞些，但不代表就一定会过得不好。理想、亲情、友情，对于未知世界的好奇，甚至是阳光的温暖，微风的吹拂，大雨的滂沱，无一不是生命带给我们的惊喜，只要用心去感受，一定能体会得到。

你的世界很大，不需要拘泥在一个人身上，就算没有了他，你依旧拥有自己。

02 永远没有空的爱情

> 爱情里面，要是掺杂了和它本身无关的算计，
> 那就不是真的爱情。
> ——英国戏剧家 莎士比亚

女孩终于鼓起勇气，向她爱慕已久的男子表白。男子考虑了一会儿，对女孩说：“我希望女朋友是个贴心又独立的女人，如果你能做到这一点，我就答应当你的男朋友。”

“放心，我不是那种什么事都要依靠男人的娇娇女。”女孩用力地点头，就这样两人展开了进一步的交往。

但过了一段时间，女孩却渐渐感到有些苦恼，不管她对男友如何关怀备至，男友却一副理所当然的态度，对她的态度除多了情侣间会做的“那件事”以外，好像跟一般朋友没

什么不同。

有约会时各付各的，没约会的时候，男友从不会打电话来嘘寒问暖，睡前电话也总是由她打去；生日要她自己找朋友过，就连加班加到深夜，竟然也要她自己招出租车回家。

当了男女朋友，总该跟普通朋友有些不同吧！于是女孩不禁责怪男友："你也太不体贴了吧！"但男友冷冷地说："难道你不会照顾自己，还要我提醒你吃饭穿衣吗？而且生日有你朋友帮你过不就得了，为什么非要我陪？再说我第二天也要上班，还要我去接你，你不觉得自私？请你当个独立的女人，不要事事都想依靠我。"女孩想想觉得也有道理，也就闭口不再多说。

但某天半夜，女孩突然腹痛如绞地醒来，她忍着痛打电话叫救护车到医院，经过医生一番处置之后，确定她是盲肠炎，必须立即安排开刀。

女孩拖着虚弱的身体打电话给男友，请他过来陪她。男友却一口拒绝她的要求："我很累，不方便过去，而且我又不是医生，就算待在你身边也没用，麻烦你独立一点！"接着竟然挂上电话。

女孩出院后果然变得更独立，她凡事都靠自己解决，再也没烦过男友。某天反倒是男友遇到了烦心事，要求女友出来陪他。

"我不要。"没想到一向百依百顺的女友竟然一口拒绝，男子不高兴地问："为什么？""我又不能帮你解决问题，就算听你诉苦也没用，再说，我也没空。"女孩冷冷地回答。

"今天是假日，你怎会没空？"男友问。

女孩回答："我终于明白，你不断地要求我独立，只是不愿多费心照顾我的借口，更直接一点说，其实你只是不够爱我。既然如此，我又何必将时间花费在一个不愿投资、只想收获的男人身上？所以对你来说，我永远没空。"

男子愣在电话前涨红了脸，一句话都说不出来。

心灵小语

有个朋友很不解地问我，为什么她的男友老是要求她“独立一点”？明明她经济自主，也觉得自己不是处处需要人家照顾的小女人，但她男友还是嫌她不够独立。她问我：“到底我要独立到什么地步，才够独立呢？”

我开玩笑回答：“独立到他不需要你时，你就像空气一般立即消失在他眼前，但他需要你时，你能随传随到，那就够了。”

每个人都应该具备好好照顾自己的能力，避免给对方带来太大的负荷，但人与人在一起本来就应该互相照顾，不能只自私地要求一方付出，另一方却只想坐享其成。

独立是件好事，但请别以独立为名，一边享受情人的权利，一边却拒绝担负情人的义务！

03 爱情中不需要替身

人生的价值与快乐，
都在于他有能力看重自己的存在。
——德国作家 歌德

自从因为双方家长强力反对而不得不跟女友分手后，青年就一直郁郁寡欢，朋友无不为他这段无缘的恋情叹息。之后，青年封闭在自己的世界里，直到认识现在的女友，才又慢慢恢复活力。

青年对新交的女友百般呵护，只要一有空他就带着女友四处游览，带她到装潢精致的餐厅吃遍山珍海味，送她香水、昂贵的名牌包包。女友生日时，他竟然送上一部数万元的智能型手机，还特地拿去给人镶钻，加工成独特的式样，让人对他的女友羡慕极了。

情人节才刚过，女友就向青年提出分手，不管青年如何哀求，但女友就像是吃了秤砣铁了心，硬是不肯回头。伤心欲绝的青年瘦了一大圈，躲在家中疗伤。

青年的妹妹非常不能谅解，便找上哥哥的女友兴师问罪："我哥哥对你这么好，带你到处吃喝玩乐，待你用心又体贴，你到底为什么要跟他分手？"

"他的确是个好男人，只可惜他体贴的对象并不是我，而是他的前女友。"女友淡淡地说，"自从看到他的博客以后，我就明白，我只不过是他前女友的代替品罢了！"

青年的女友打开计算机，点出男友的博客，只见里面满满的都是青年与前女友过去的合照。

"哥哥跟她以前的确感情很好，但那毕竟是过去的事了，你又何必耿耿于怀呢？"妹妹不悦地说。

女友一声不响地打开抽屉，把青年送给她的礼物全部拿出来："这瓶香水是他前女友最喜爱的牌子，包包是她最想要的款式，手机则是刻意打造成和她用的一模一样。他所带我去的地方都是他们以前常去的场所，每次跟我在一起，他总不断地诉说他们过去的点点滴滴。"

女子一口气说完，接着又道："我也很同情他过去那段伤痛，但在感情的世界里，人人都只希望做主角，谁也不愿做替身！"

心灵小语

有个朋友分手后对过去依旧念念不忘，每当遇见新对象，他就开始诉说与前女友间的点点滴滴，一副对前女友旧情难了的模样，最后当然每段新恋情都宣告破局。有人始终无法放下旧情，也有些人是因为受过伤就变得愤世嫉俗、封闭自己，这样的心态当然只会把幸福越推越远。

每个人的人生中大多会经历几段认真经营的恋情，却未必都能修成正果，这时如何做好调适就成了很重要的课题。要将曾经认真爱过的人完全抛诸脑后是不可能的，但若是紧抱着过去的伤疤无法释怀，也只会阻碍自己遇见幸福的可能性。

如果真的绕了一圈，还是觉得旧爱就是最适合自己的人，倒不如提起勇气将他追回来，否则若是对着新欢却想着旧爱不放，就算真的碰上对先生或小姐，最后也很可能变成错的。毕竟当你自己是歪的，别人也很难将你扶正啊！

04 婚姻幸福长久的秘方

> 不再坚持自己的独特，设身处地用对方的眼睛看事物，用对方的耳朵聆听，明明是两个个体却又结合为一，你心中有我，我心中有你……这就是真爱。
>
> ——法国诗人 戈蒂耶

正在筹备婚礼的一对情侣最近天天吵架，男友觉得婚礼的仪式应该尽量从简，好把省下的钱拿去当做买房子的头期款；女友则觉得结婚是一生一次的大事，应该办得隆重风光些。

某天两人正在商量婚礼规划相关事宜，男友对着婚礼预算表直皱眉头："这价格也太高了。"接着男友仔细观察清单，将觉得有问题的项目一一圈出："喜饼可以换便宜一点的牌子，婚礼上的餐桌不用摆花，蜜月不用出国……”男友自顾自地说着，却没留意到身边的女友脸色早已铁青。

“什么都要省，我亲友他们会怎么想？”女友满脸怒容说，但男友也觉得很委屈：“买房子是终生大事，与其把钱花在婚礼上，倒不如拿去买好些的房子。”

女友更生气地说：“买房子是终生大事，结婚难道不更是终生大事？我看你根本没诚意跟我结婚！”接着两人吵了起来，最后女子丢下一句：“既然价值观差这么多，不如不要结婚！”便夺门而出。

伤心的女子来到一座公园散心，她走着走着，看见有对兄弟正在写生，突然两人一言不合争执起来，最后还动手打架。

“怎么可以打架呢？”男孩的母亲急忙劝阻，哥哥气呼呼指着天空的云朵说：“他要我帮他画画，但明明云朵是白色的，他却偏偏要我画成黄色，真是气死我了！”

“白色的云不好看，黄色才好看！”年幼的弟弟坚持，“丑死了！”两个男孩又争执起来。

母亲想了想，便对哥哥说：“既然这张画是帮弟弟画的，那你就画成他喜欢的颜色吧。”哥哥听了只好心不甘情不愿将云朵涂上黄色，交给了弟弟。

母亲又对弟弟说：“既然哥哥都帮你画画了，那晚餐我们就去吃哥哥喜欢的烤肉，下次再去吃你要的牛排。”哥哥一听兴高采烈跳了起来，弟弟看着手中的画，也点点头答应了。

女子思考了一段时间，回家后打电话告诉男友：“我可以接受蜜月节省些，但婚礼的费用却不能省，因为这关系到我家人的面子。”

男友欣然同意之余，却也好奇地问：“为什么你会突然提出这个主意呢？”

女子叹了口气说：“因为我发现观念不同不是重点，找到能协调的方法才是重点呀！”

心灵小语

每个人的生长环境不同，少数幸运的人能找到天生就契合的伴侣，但大多数的人都会遇见跟自己价值观不同的对象，与其奢望对方改变，不如找出彼此都能接受的沟通方法反而比较实际。

我们或许无法完全认同对方的观念，却可以找出彼此最在乎的重点，然后满足互相的需要，至于其他比较无关紧要的琐事，就没必要非坚持不可。

懂得尊重对方，不要因为彼此关系亲密就想掌控一切，这段感情才可能健康幸福与长久。

05 别捏死你的爱情

你对自己的信心不足，你的过度小心翼翼，
你根本不了解爱与被爱的真实关系，
才是真正破坏爱情的元凶。

——漫画作家 水瓶鲸鱼

有对就读音乐系的情侣从大学就开始同居，毕业后也在同一间公司工作，两人几乎二十四小时黏在一起，旁人都十分羡慕他们的感情亲密无间。

但好景不常，最近这对情侣天天吵架，女方嫌弃男友邋遢，不够稳重体贴；男方则觉得女友爱耍小性子，无理取闹。就这样，谁也不肯让谁，两人愈吵愈凶。虽然周遭的朋友要他们多想想彼此的优点，他们还是不停地埋怨对方：

“懒散又孩子气，我真是有眼无珠才会跟你在一起！”

“你呢？每天只会抱怨，耍大小姐脾气，你有替我着想过吗？”

老师听说了两人的近况，便将他们找回学校。但即使当着老师的面，两人仍不断数落对方的缺点，最后男子铁青着脸，对老师说：“虽然我们过去感情很好，这半年来却根本无法与对方相处，这样下去也不是办法，您觉得我们应该分手吗？”

他们原以为老师会劝合不劝离，没想到老师竟斩钉截铁地说：“你们根本不适合彼此，没必要浪费时间了。”接着老师还建议两人换工作：“你们其中之一可以留下来当我的研究助理，这样不但免去分手后还要见面的尴尬，也能避免藕断丝连的机会。”两人听了老师的建议后都觉得很灰心，便决定分开。

后来，男方留下来担任老师的研究助理，女方则回到原来的公司上班。刚开始两人都觉得轻松自在，但时间一久，又慢慢地开始怀念起对方的好，于是两人又悄悄地走在一起。老师发现这件事后，询问男子：“你不是嫌她大小姐脾气又爱抱怨？好不容易自由了，怎么又复合了呢？”

男子不好意思地抓抓头发：“是啊，但不知道为何，分手以后我反而发现其实她的抱怨都是为我好，而且她的任性有时也很可爱。”

接着老师又问女子：“你不是觉得他没上进心又肮脏？”

“但是……撇开这些问题不说，他还是有优点。”女子羞红了脸，吞吞吐吐地说："不知道为什么，我过去只看见他的缺点，分开以后，我才觉得他对我是真心诚意。"

老师从玻璃柜中拿出一把小提琴，淡淡地笑道："当弦绷得太紧时，反而拉不出柔美的音色，唯有适时地调松琴弦，才能演奏出完美的音乐。"

"人与人的交往也一样，当过分紧密时，难免会产生摩擦，偶尔适时保持距离，才能让爱情永久保鲜！"

心灵小语

很多人说婚姻是爱情的坟墓，但我有一位朋友结婚将近十年，至今仍然和老公之间保有一种恋爱的感觉，她说，原因就在于独自旅行。

婚前，她就和老公说好，每年必须放她三天假。这三天她会摆脱日常生活的例行公事，不接电话也不对外通讯。同样地，她老公每年也有三天的假期，她一样不干涉、不过问。她说，这样的旅行让夫妻两人都有“小别胜新婚”的感觉，也更珍惜彼此在一起的时光。

有人问她：“难道不担心老公会利用机会出轨？”她大笑说：“如果真的有心，一年三百六十五天都找得到机会出轨，哪里差这短短的三天呢？”

朋友的方式或许不一定适合每个人，但给爱情一点呼吸的空间，绝对是让爱情历久弥新的秘方！

Cola
GAZEUSE
BEL et BON
SUPÉRIEURE
EN POIDS ET QUALITÉ
LA VACHE QUI RIT

06 为何吵架反而好?

只有经受了考验，
经历了生活患难的感情，
才是真正的感情。

——苏联作家 马尔科夫

有对相亲结婚的夫妻都是学有专精的专业人士，丈夫为人斯文内敛、彬彬有礼，妻子也秀气温柔，非常有气质，夫妻间更是从不吵嘴，谁看了都说他们是一对人人称羡的神仙眷属。

然而不久前这对神仙眷属却找上律师事务所要求离婚，身为这对夫妻多年的好友，律师大吃一惊，忍不住问："你们俩平常和和气气，从来没见过你们闹意见，有什么理由要离婚？"

看着两人吞吞吐吐不肯说实话，律师便私下分别和两人密谈，想了解事情的来龙去脉。但不论怎么问，两人还是说不出个所以然，只是觉得彼此间就像陌生人一样没什么话聊，平常也都各过各的，既然如此，还不如离婚放对方自由。

过了几天，律师打电话给那位妻子，劈头第一句话就说："如果还想挽救你的婚姻，从明天开始你就在老公的面前放屁打嗝。"

"什么？"那位妻子叫了起来："这多没水平！"别再多问，照我的话去做就对了。"说完律师就把电话挂上。

接着律师又打电话给那位丈夫，告诉他："如果还想挽救你的婚姻，以后你上厕所时就别关门。"

丈夫眉头全都皱在一起："这……这我无法接受！"律师照样嘱咐："别多问，照做就是了。"

这对夫妻在姑且一试的心态下，照着律师的话做。刚开始他们还尽力勉强无视对方的行为，但一段时间后就忍无可忍，最后丈夫终于忍不住对妻子说："请别在我面前放屁打嗝，不觉得这样很低级吗？"

"低级？那你也高尚不到哪去，上厕所居然不关门！"夫妻间愈吵愈过瘾，慢慢地开始将长久以来隐藏的不满全都宣泄出来。

"我觉得你真的很自私，回到家就是打开计算机做自己的事，从来没想过要多陪陪我！"妻子流着眼泪控诉。

丈夫傻了："什么？我听说你是为了要报复前男友移情别恋才答应和我相亲，那你应该不希望我去烦你吧。""哪有这回事……"两人就这样大吵一架，但之后竟然觉得心中舒坦许多，反而不想离婚了。

律师知道以后哈哈大笑说："用得适当的话，吵架也是一种增进感情的方式啊！"

心灵小语

一般来说谁都不喜欢吵架，我却觉得，能吵架也是件好事。

只要不是莫名地谩骂或动手动脚，吵架其实是一种帮助我们了解对方的方法，借由吵架，我们其实在学习相处和沟通，那至少表示：彼此间还有意愿互相协调，如果连架都懒得吵了，反而表示双方也没什么好说的了。

我们不用害怕争吵，但却要谨记：吵架是为了增进了解，而不是逞口舌之利！

07 不说“不”，不代表不会伤害

你必须先对自己忠实，
然后才不会欺骗别人。
——英国戏剧家 莎士比亚

“唉，你的忠实粉丝又来了。”同事拍拍女子的肩膀，伸出下巴，指了指坐在窗户旁的某个男子，接着便笑笑走开了。女子垮下了肩膀，原本的好心情顿时荡然无存。

在餐厅工作的女子近来十分困扰，因为店经理听说她没有男朋友以后，便一心要帮她做媒，还将自己的弟弟介绍给她。起先她抱着多认识一位朋友的心态赴约，没想到对方竟然开始认真追求，先是经常传简讯关心她，再来就是频频约她一起出游。

女子虽然对他没意思，但心想：“人家是经理的弟弟，好歹总要给点面子。”也就和他去吃了几次饭。

之后男子经常跑到餐厅接女子下班，她虽然极力婉拒，但同事却帮着敲边鼓：“夜深了，你就让人家送比较安全！”女子只好半推半就地上了车，让男子护送她回家。

“其实我自己搭公交车回家就行了。”女子在门口向男子道谢，在客厅的爸妈听见两人的对话声探出头来，先是上下打量男子一番，接着笑眯眯地开了口：“这位是你朋友吗？请人家进来坐啊。”女子知道爸妈误会了，却不知该如何澄清。

就这样过了几个月，男子变得愈来愈殷勤，女子却愈来愈苦恼，既不希望男子再误会下去，又怕直接拒绝会伤到对方，只好将上班的时段调到早上，避免男子前来接送，又消极地不回复他传来的简讯，希望他慢慢死心。

没想到，某天女子出门的时候，赫然发现男子一脸憔悴等在门外：“为什么你最近都不理我？我做错了什么吗？”

女子只好鼓足勇气告诉男子：“对不起，你真的不是我喜欢的类型，请不要浪费时间了！”

“不可能！你一定是有了别人！”没想到男子完全不能接受，在门外吵闹了起来，惊动了女子的爸妈。

好不容易将男子劝走，没想到父母却皱着眉头很不谅解：“你这样玩弄感情实在要不得！”

“我没有啊！”女子急着辩解，然而父母却不愿听她解释。餐厅的同事虽然没有直说，却都以责备的眼光看着她，店经理更是一脸铁青，看都不肯看她一眼。

女子委屈地哭了。为什么众人都把错怪在她身上呢？她忍耐了这么久，还不是为了不想伤大家的心！

心灵小语

这个故事发生在我朋友的妹妹身上，她因为不忍伤害身边的人，一直用婉转或模棱两可的方式拒绝对方，结果却产生很多不必要的误解与麻烦，最后事与愿违，不但重伤了那位追求者，更让周遭的相关人等对她产生不谅解，反而造成更大的伤害。

最好的拒绝方式，其实就是清楚说出自己的意愿，但要注意切勿批评对方，毕竟你不喜欢不代表对方不好，有智慧的人更懂得为彼此留些余地啊！

08 没擦干净的那扇窗

怎样思想，就有怎样的生活。

——美国思想家和文学家 爱默生

有个女子留学归国后随即结婚，她虽然很爱丈夫，却不太喜欢她的大姑子，总觉得大姑子是个书读不多的乡下妇人，观念既迂腐又毫无效率，好在未婚的大姑子一向跟他们不常往来，因此彼此间倒也相安无事。

某次独居的大姑子突然病倒，丈夫便商议请妻子去照顾大姑一段时间，女子也同意了。

一来到大姑家，女子就发现家中相当脏乱且积满灰尘，她不禁摇头，心中叨念着："乡下人就是乡下人，一点都不懂得居家卫生的重要。"于是她赶紧拿出各种扫除工具，扫地、拖地、擦窗户，把房子打扫得干干净净。

大姑发现弟媳正在忙里忙外做家事，感到有些过意不去，便说：“剩下的事我自己来就好了，你去买晚餐吧！”女子看看只剩衣服还没洗，就将剩下的家事交给大姑子，独自外出买晚餐。

吃完晚餐后，女子抬头一看窗外，却发现大姑刚刚才洗好，晾在阳台的衣服有块明显的污渍，她撇撇嘴角，在心中暗忖：”大姑子老是说洗衣粉有毒性，只肯用黄豆粉洗衣服，难怪衣服洗不干净。”趁着大姑子不注意，她将衣服收下来又重新洗了一遍。

当她将衣服重新晾好回到屋内，就对大姑子说：”姐，洗衣服还是得用洗衣粉，你看你洗了半天，衣服还是洗不干净！”接着女子就转身指着窗外的衣服，却赫然发现：衣服上那块污渍居然还在！

女子实在无法相信会发生这种事，盯着窗户看了老半天，才发现不是衣服没洗干净，而是她窗户没擦干净，才会让映在窗外的衣服看起来有污垢。

大姑子却没发现女子的异状，反而高兴地说：“唉，我这阵子生病，好一阵子没做家事，多亏你来帮忙，家里才能恢复干净。”

女子这才发现一切都是自己先入为主的想法作祟，不禁羞愧地红了脸。

心灵小语

曾有个朋友跟我诉苦，说他的主管一直看他很不顺眼，以至于年后加薪名单不少人都名列其中，却独独漏掉他的名字。他忿忿不平地说：“这根本就是公报私仇！”

然而根据我侧面了解，主管之所以不帮他加薪，是因为之前他们公司由于经济不景气，将许多人的薪水都向下调整，这次景气复苏，所以主管又将大家的薪水调回原来的水平。

而我这位朋友因为进公司时间较晚，薪水并没有受到影响，没有加薪也是理所当然的事了。

先入为主的眼镜常让我们看不清真相，以至于常常会产生不必要的误会。在下断语之前，何不试着站在别人的角度看待问题呢？或许会有不一样的领悟！

09 满脸雀斑的女孩

自怜是最恶劣的仇敌，
如果我们身陷其中，便无法成就任何事。
——美国聋盲教育家 海伦·凯勒

有个女子身材纤细，外形也十分清秀，然而她的脸颊两侧却有一大块色泽很深的雀斑，为了消除这些雀斑，女子花了不少钱购买号称能除斑美白的产品，也尝试做了美容手术，结果却毫无功效。女子在灰心之余开始厌恶自己脸上的雀斑，甚至长期戴帽子，只为了不希望人家看到脸上的斑点。

某天女子走在闹区，一名衣着时尚的男子跟她搭讪，男子表示自己是模特儿公司的经纪人，觉得女子很适合担任某部正在选角的广告影片主角，希望请她参加试镜。女子嗤之以鼻，心想："艺人就是要比别人漂亮美丽，我这副模样怎么可能成为明星呢？"她认定这名经纪人一定是个骗子，于是严词拒绝了他，但经纪人不死心，三天两头纠缠女子，女子拗不过经纪人，最后还是答应参加试镜。

试镜当天，女子看见摄影棚满满地挤了一堆人，还有其他的模特儿前来参加试镜选拔，女子根本不认为自己有一丝被录取的可能性。轮到她时也将头低低垂下，不愿正眼面对镜头，即使经纪人再三暗示她对着镜头微笑，她还是不肯抬起头来。只见导演皱皱眉，摇摇头，果然试镜结束后就马上宣布女子落选的消息。女子忍不住埋怨经纪人："我说我不可能入选，偏偏你不肯相信，还说我很适合担任女主角，害我出尽了洋相！"

这时导演恰好经过女子身边，开口说道："他没骗你，你的模样的确很适合这部广告的设定，尤其你纤细的身材和雀斑与众不同，可惜的是你似乎不喜欢自己的长相，一个自己都无法接受自己的人，观众又怎会接受她呢？"

这番话让女子陷入沉思，从此不再以自己的雀斑为耻，反而将雀斑当做自己的特色，慢慢在演艺圈有了一席之地。

心灵小语

知名模特儿奥德丽 · 梅兰妮（Audrey Marnay）是许多国际品牌御用的模特儿，她外貌上最大的特点，就是拥有一头醒目的红色头发、纤瘦到凹陷的脸颊、平板的身材，以及满脸的雀斑，她绝对称不上典型的美女，却凭借极具特色的个人魅力，被选为世界最顶尖名模中的第二十四名。

奥德丽 · 梅兰妮出道时，模特儿圈子还是以标准美女为主流，如果奥德丽 · 梅兰妮用传统美女的标准来审视自己，恐怕不但要对自己的长相自卑，更不可能成为一流的模特儿，但因为她完全接受自己的“缺陷”，反而让世人看见她的“不完美”中独一无二的气质。

大多数的人都有各式各样的缺憾，有些人拙于言辞，有些人天生肥胖……只要愿意接纳自己的不完美，并且找到适合发挥的舞台，必然可以拥有一片天空！

10 发馊的菜肴

彻底地认识人，正确地判断事物，

这样就是向幸福迈进一大步。

——法国作家 司汤达

某位女子迟迟没有结婚，眼见周遭的朋友纷纷成家立业，最后她病急乱投医，竟在没有仔细了解下，不顾家人反对，草草嫁了个认识不到三个月的男子。婚后，丈夫很快就流露出狰狞的面目，不仅外遇频频，更终日不务正业，女子多番苦劝，丈夫却依然故我。

后悔的女了虽然想离婚，却碍于面子，不愿让人家看笑话，一直对外宣称自己的婚姻幸福美满，隐忍丈夫的不负责任。

某天女子回到娘家探望母亲，母亲端出一桌子好菜让女儿享用，女子看每一道菜似乎都很可口，迫不及待地举起筷子准备大快朵颐，谁知道放入口中咀嚼之下竟充满酸腐败坏的怪味，女子赶紧将菜从口中吐了出来，并说："妈，这些菜好像都馊掉了！"

"这些菜的食材放在冰箱都已经超过保存期限了，难免不太新鲜。"母亲拿起碗，帮女儿盛了一碗汤。"不新鲜的食材怎么还能吃呢？您应该把它丢掉才是啊！"女子皱着眉头将汤放到一边，很不以为然地说着。

"丢掉多可惜啊，再说你爸肯定会骂我浪费，不懂持家，那我多没面子。"母亲摇头说。

"妈，您怎么分不清事情的轻重呢？就算损失金钱以及被爸责骂，也总比吃坏肚子、食物中毒来得好吧！"女子不禁责怪母亲。

母亲流露出睿智的眼神，静静地瞅了女儿一眼道："既然你都知道这个道理，为何不顾自己的幸福，只因为不想遭到别人的闲言闲语，宁愿死守着已经发臭、变质的婚姻呢？"

心灵小语

朋友的前老板为人苛刻，不但常不分青红皂白责骂员工，又往往假借各种名义拖延员工的下班时间，更严重的是还会有意无意间说出一些几近性骚扰的言语。几番与老板沟通都得不到善意回应，让朋友身心俱疲。

虽然她很想辞职，却认为景气不好，很难找工作而迟迟没有行动，直到她再也无法忍受，才痛下决心开始寄简历。没想到不到两个月就找到新工作，新公司待遇虽然较低，但同事都很好相处，朋友感叹地说：”早知道就早点换工作，也不用待在那边让自己不开心那么久！”

虽然有句俗语说“精诚所至，金石为开”，但若是努力错了方向，结果却可能换来不断的挫折，到头来弄得自己苦不堪言。当陷入低潮，再怎么执着也无法改变现状时，我们必须懂得适时舍弃的艺术，跳脱那些让我们痛苦不堪的人事物，才有可能再造生命的另一个春天!

11 遇上处女情结的男人

爱情，其实是爱自己的一种态度，
在对方澄澈的双眸中，得以检视爱情的深度。
——英国戏剧家 莎士比亚

一切完全就像是偶像剧中的场景。某次旅途中，她在飞机上认识了他，他有一份令人羡慕的职业，外形帅气挺拔，很快地他们陷入了爱河，每次约会他都费心安排，浪漫得让她几乎想哭。

但天堂般的日子，在他们第一次发生关系后戛然而止，接下来等待她的是地狱般的生活。

“说！你的第一次给了谁？你还跟谁睡过？”自从男友发现她并不是第一次以后，便开始疯狂追问她过去的情史，尤其是性生活的细节，更是要她一五一十交代，她这才明白男友有严重的处女情结。

“我都快三十岁了，交过一两个男朋友很正常，但是那些都已经过去了。再说，你也有过别的女朋友，我也没放在心上啊！”她试图撒娇安抚男友，但男友却愤怒地推开她：“哪个男人会喜欢自己的老婆被别的男人睡过？女人应该把初夜保留给丈夫，否则就是不懂洁身自爱！”

为了不想失去男友，她只好拼命道歉，好不容易才安抚了男友的怒气，但从此她也变得动辄得咎，只要男友一不高兴，就会拿她“不是处女”这件事来发作一番。男友甚至开始动手打她，只是在事后又会告诉女子：“因为我太爱你了，所以才会忍不住嫉妒。”

为了爱，女子一一包容男友种种不合理的行为，希望时间能慢慢淡化他的心结，恢复当初那个浪漫温柔的好男人。交往两年后的某天，男友买了戒指向她求婚，她认为这是他终于放下心结的表示，便高高兴兴和男友一起去选购婚纱。

就在她漂漂亮亮穿着婚纱，从试衣间走出来的时候，男友却突然阴冷地说：“你现在一定很高兴吧！”

女子不懂男友问话的用意，便笑笑地回答：“将要迈入幸福的另一段人生，我当然高兴啊！”

“不，我是说你心底一定在暗爽，终于找到一个冤大头，愿意接受你这个二手货了。”

男友此话一出，连一旁的店员都吓得变了脸。

她这才恍然大悟，原来等在前方的不是幸福，而是折磨一辈子的人生。最后，她痛下决心和男友分手，脱离无止尽的被拷问生涯。

心灵小语

我从未想过在这个时代还会有处女情结的男人，没想到偶然在网络上看见一则话题，才发现有处女情结的男人还真不少。

有位女子结婚十年，孩子都已经生了三个，她的丈夫却还是耿耿于怀妻子当年并非以处女之身嫁给他。这件事成为夫妻间永远的心结、吵架的话题，让这名女子觉得自己像是嫁给法官的犯人，在丈夫面前永远无法抬起头。

虽然这位女子的丈夫也并非处男，但她丈夫认为妻子婚前并未明说自己“非处女”，让这位有严重处女情结的男人觉得有被欺骗的感觉。

你不用因为曾跟别人发生过关系而觉得抬不起头来，但最好在交往前诚实告知对方，免得对方以此当做理由，作为糟蹋你的把柄。而如果对方真的把这方面看得很重，也就表示你们之间本来就不适合，何不将他让给别人，另寻心胸宽大、思想成熟的对象呢？

12 男友很忙，忙着约会

如果爱情曾经伤害过我们，何尝不是我们先点头同意。
苦与乐，都是爱情的面相——
如果没有得到什么，那就学到些什么吧。
——中国台湾作家 吴淡如

男友最近突然变得很忙，即使出现在女子面前，也是一副心事重重的样子，女子不禁关心："你最近怎么老是一副不开心的样子？"

"工作上的事，说了你也不懂。"男友淡淡回答，但女子还是好声好气问道："你没说，我怎么会懂？"

"最近公司常要加班，很忙，简直喘不过气！"男友不耐烦地说，女子听了便直接反应："那你跟主管沟通看看吧，毕竟还是健康重要啊。"

"万一被开除你要养我吗？不懂就别乱说。算了，反正你根本不了解我，更没替我想过！”男友听了气冲冲地站了起来，大门一甩便走了出去。

女子被男友激烈的反应吓倒了，她满心后悔地想：“他心情不好，我不应该刺激他。”于是打电话向男友道歉，两人才言归于好。

但过了一阵子男友却变得更为冷淡，虽然会接女子的电话跟回简讯，却不会主动联络。某天女子不由得找男友质问：“你是不是想分手？可以直说。”

“你不要乱想，我也是为了我们的将来才这么拼呀。”看着男友一脸疲惫的模样，女子心中暗自后悔不该对他发脾气，这时男友牵起她的手：“这段时间很关键，做个懂事的女朋友，不要给我压力好吗？”

从此女子变得百依百顺，不再吵闹，也克制自己减少联络频率，只偶尔传一些简讯给男友表达关心。男友虽然很少跟她见面，偶尔也会回应她的简讯。

但闲言闲语却不时飘到她的耳边，有人看见她的男友和另一个女人在餐厅吃烛光晚餐，有人撞见他们一起逛街。甚至有人直接告诉她，那女的是男友公司的新同事，两人现在正打得火热。

女子怒气冲冲到男友家守株待兔，终于等到男友与那女人手牵手散步回来。

面对女子的兴师问罪，第三者理直气壮说：“你们俩不是早分了吗？”

“谁说的！”女子的双眼喷出怒火，瞪着男友，谁知道男友却耸耸肩，冷冷地说：“你都三个月没来找我了，我想，这应该就是分手的表示吧。”

心灵小语

看了以上的故事，你是否觉得：这男人真的很贱！

其实这样的人在我们周围并不罕见，不管是男是女，都有可能因为不想主动说出分手，而用这种迂回的方式渐渐冷淡感情，慢慢地造成分手的事实。

大多数人不愿直接说分手的原因，是为了“怕伤害对方”，担心对方无法承担分手的事实，但其实这种“冷暴力”式的分手，却往往造成更大的伤害。

如果你的情人最近经常用“忙碌”当做冷淡、不见面的理由，聪明的你一定能分辨出“真忙”跟“假忙”的区别。不用急着责问他，不妨利用这个机会冷静一下，先将生活重心放在其他方面，等心境调适好了，到时你一定知道该怎么做。

如果你是那个想分手的人，别忘记，砍人一刀不管怎么砍都是痛的，既然如此，不如给对方利落的一刀，而不要含糊地凌迟吧！

AUX

13 不想扶正的第三者

失去的东西，
其实从来未曾真正地属于你，
所以也不必惋惜。

——中国香港作家 亦舒

B是个成熟优雅的白领上班族，工作能力深受上司肯定信赖，却无人知道她的感情生活非常不快乐。

B的同居男友已经失业两年，挫折感使他不愿正视社会的现实面，至今仍然不愿放下身段面对失业的问题。B无法在男友最失意时离开他，虽然从不和男友争吵，男友却说："我看得出来，你压根瞧不起我！"

种种压力迫使B想找个出口，便与小她好几岁的C走到了一起。刚开始，她不过是想找个人慰藉感情的缺憾，但C的殷勤体贴很快地敲开她的心防。然而随着她对C的依赖愈来愈深，C对她的态度也愈来愈若即若离。

“为什么以前你会带我看电影、上餐厅，现在碰面却总是在宾馆？难道你只是跟我玩玩？”B不满地抱怨，“我当然是真心的，不过你已经有男朋友了，总是要低调一点嘛。”话才刚说完，C又将她推向床上。

日子久了，B觉得这样不是办法，便跟C提议：“我想和他分手，然后跟你好好在一起。”C为难地沉思了一会儿：“你男友恐怕不愿意吧。”

“这我会跟他谈，只要你支持我就好。”“我觉得你还是先别跟他开口，这件事要慢慢来，万一你男友想不开就不好了。”然而C的态度反反复复，一会儿说要跟她共创未来，一会儿又犹豫不决，最后总是以上床解决而没有结论。

某天，B坚决地说：“我决定明天就跟我男朋友提分手，以后光明正大跟你在一起！”C先是一愣，接着仿佛下定决心一般，满脸笑容地说：“那我就等你的好消息了。”接着他轻轻地吻住了B，两人又往床上一倒。

然而等不到明天，当天晚上，B就收到C传的简讯，说他不愿当个第三者，破坏别人的恋情，要B跟男友好好重新来过，他将会从B的世界消失。

B傻眼了，她始终想不通为什么？为何当初他明知她已有男友却主动追求，如今却不愿接纳决定恢复单身的她？为何前一天满心欢喜地说要等她分手，今天却突然变卦？

心灵小语

看完这个故事，你也跟B一样想不通为什么？或是已经发现C不告而别的原因？

我认识几个专门喜欢在网络上猎艳的损友，虽然不齿他们的行径，但很好奇他们的想法，他们告诉我："感情失和的女人最好拐上床，只要耐心嘘寒问暖，通常没过多久就能手到擒来！"

"那万一对方不甘只是当个床伴，决定分手认真跟你在一起呢？"我问，"那还不简单，到时就说不想当第三者，或者家人反对就结了！"损友轻松地笑笑。也许并非所有男人都如此不堪，但不可否认的确有不少这样的男人存在。

当被枕边人伤害时，的确有时会让人有一种想"做给你看"的报复冲动，但聪明的你，可千万别因此成为有心人的免费床伴，在答应上床之前，先好好想想：这么做是苦了谁又乐了谁？

14 别让怀疑的种子发芽

人之所以不幸，

乃是人在福中不知福。

只此理由而已。

——俄国作家 杜斯妥也夫斯基

A女与男友感情一直很好，这天刚好是男友的大学同学会，于是男友便带着A女一起参加聚餐。

酒过三巡，气氛正热络的时候，男友的某一位大学同窗突然神秘兮兮在A女耳边低语：“你得把你男友看紧一点，这家伙很花心，每次身边都带个不一样的女人！”A女虽然没有将听到的闲言闲语告诉男友，却将这番话一直牢牢记在心中。

一天，A女看见男友窝在沙发上，目不转睛地盯着电视里的辣妹，忍不住脱口说：“你果然是个烂人，我当初看走了眼才会跟你在一起！”男友听得气红了脸，回道：“不过是看看电视罢了，需要这么小题大做小题大做吗？”两人免不了一顿口角。

又一次A女跟男友一起购物时，发现他多看了售货小姐好几眼，心中更觉得大学同窗说的话应验了，于是要求男友每晚必须报告自己一天的行踪。在男友照办之后，她又要求他交出网络的账号密码，以便随时查看他的联络纪录，之后更透过核对发票来追查他的行踪。

男友对A女这样的举动非常反感："我又不是监狱的犯人，为何一举一动都要向你交代？"

但A女理直气壮地说："如果你没有做亏心事，就不用怕别人盘查！"

几次剧烈争吵后，彼此的关系逐渐下降到冰点，最后更打起冷战，A女也满不在乎地说："这种花心的男人，分手最好！"

某日A女在路上又碰见在她耳边低语的那位同窗，她热情地上前打招呼，并说："多谢你当初的提醒。"

"对不起，我不明白你说什么？"男友的大学同窗一脸迷惑地说。

等搞清楚事情的来龙去脉后，同窗才拍着额头，懊恼地说："唉呀！都是我不好，我那天喝醉了，把你误认为另一个同学的女朋友，你千万别误会你男友。"

"可是，他经常盯着漂亮的女人看，明明就是一副好色的样子。"A女不可置信地说。

"因为你对他已经起了疑心，自然觉得他处处可疑，你仔细想想，除了看看美女，他有没有做过逾矩的行为？"接着同窗又叹气："其实你应该将你心中的疑虑坦白告诉他，因为怀疑就像是一颗种子，一旦种下了便会自动生根发芽，很快就会扼杀爱情呀！"

心灵小语

爱情中的信任一直是个颇多争议的话题。有人坚持给予过多的信任，会造成另一半有机可乘，有人则认为疑神疑鬼反而是将情人推往外遇的不归路。

我个人则认为，与其交往后互相怀疑，不如在交往前多了解对方，也要让对方多了解自己，以换取彼此信任。有了信任的基础，再走在一起，交往后也要适度给对方空间，才能让感情走得更长久。

一旦怀疑在爱情中发芽，等大树长成，必然会在两人的关系中投下阴影。人与人之间相处本就不容易，如果连自己身边最亲密的人都要苦苦怀疑，岂非太累了些？

15 包容才能让爱长久

爱情是理解和体贴的别名。

——印度诗人 泰戈尔

有位知名学府毕业的女子最近交了一个男朋友，男友不但活泼上进，对她百般呵护，最难得的是他有双巧手，不但煮了一手好菜，修理电器、种花莳草都难不倒他，不管从哪方面看都是一个新好男人。

但却有个问题深深困扰她：那就是男友不爱念书，只是某个无名私立技术学院毕业，而且说一口台式普通话。这些缺点让女子愈来愈在意，觉得这样的男友有些“带不出门”。

于是她经常叨念男友：“你应该要多读点书，最好再去考个研究所充电一下，要不然怎么跟我爸妈交代呢？”但不管她怎么说，男友还是提不起对书本的兴趣，老是翻个几页就呵欠连连。

为了帮助看不下书的男友学习，女子特地去买了各种知识性的DVD以及正音教材，一个字一个字地纠正男友的普通话发音，但男友还是怎么也学不好，女子叹气说道：“唉，你怎么就这么笨呢？书念不好也就罢了，连普通话都说不好。”男友听了脸色一沉，却没有多说什么。

过了几天，男友打了通电话给女友：“我感冒发高烧了，你能不能来照顾我呢？”女子当然义不容辞答应了。

到了男友家，只见男友躺在床上，一脸虚弱地说：“我想吃点稀饭，最好是鸡蛋粥，就麻烦你帮我准备吧！”女子嘴上答应，走到厨房却一脸茫然，原来她从未下过厨，根本不知道要如何准备，过了将近一个小时才勉强端出一碗看来狼狈不堪的蛋粥。

男友向女友道谢，接着又说：“你能不能帮我浇浇花，顺便把花盆里的杂草除掉？”女子心想浇花应该很简单，没想到她一倒水，水就从花盆里哗啦啦地溢了出来，流了满地的水，她只好找来抹布擦地。

男友忍着笑继续说：“躺在床上很无聊，偏偏电视又坏了，麻烦你帮我修好吧！”女子气呼呼地说：“你的要求也太不合理了吧！我怎么可能会修电视？”“唉，你怎么就这么笨呢？饭煮不好也就罢了，连电视都不会修。”

女子正想大发脾气，男友连忙说：“别生气，我只是想告诉你，每个人都有优缺点以及不擅长的事，既然我都能包容你不会煮饭、不懂照料环境的缺点，你为何不能试着包容我呢？”

心灵小语

我们好像常常会这样，很容易看见别人的缺点，却忘记了自己其实也有很多不足之处。

每个人都有长处跟短处，只端看对方的优点是否足以让你愿意包容他的缺点，如果答案肯定，又何苦斤斤计较对方的短处，让自己作茧自缚。

既然有缘分交往，何不彼此多多体谅，毕竟没有人能十全十美啊！

16 吃力不讨好的爱情演员

我们机关算尽，用一切方法想吸引某人，
这就是播下愤怒与不信任的种子。
一旦面具被扯掉，愤怒与不信任将长成巨树，可能压垮你，然后是种种执着妄想，
迷失自己的纯真与本性。

——一行禅师的弟子 罗万（Rowan Conrad）

“你的男朋友不但帅又对你好，真羡慕你的好运。”一聊到A的男友，朋友都忍不住露出钦羡的目光。

A的男友不但身材高大、外表英俊，学识跟工作能力也是一流的，不仅如此，还既专情又浪漫，简直像是连续剧中走出来的

男主角。自从他们交往以来，A就成为人人羡慕的对象，还有人以“麻雀飞上枝头”来形容她的幸运。由于A和男友是透过网络认识对方，所以朋友们都说，网络无帅哥这句话再也不成立了。

正当大家以为A将从此过着幸福快乐的生活，没多久却传来A跟男友分手，转而跟一个条件完全不如男友的男子交往；而A失去了这样一个好对象不但不惋惜，反而好像松了一口气。

“为了维系这段感情，我已经得了忧郁症，如果再不分手，我迟早会崩溃。”A向好友吐露心声，娓娓道来分手的理由……

原来，当初为了让人留下有气质的美女形象，A在网络的交友档案谎称自己热爱古典乐，最爱欣赏冷门的艺术电影，擅长弹奏钢琴与小提琴。男友也常说：“我最喜欢的就是你这种知性又有气质的女孩。”然而真实的她却爱看无厘头搞笑片，钢琴也只会弹小蜜蜂。

为了维持淑女的形象，她在男友面前就像是摄影机前面的演员，时时刻刻都得戴上一张不属于自己的面具。为了圆谎，A强迫自己吸收毫无兴趣的知识，慢慢地，她再也感受不到恋爱的快乐，每次约会结束都像是刚打完仗一样疲惫，最后在忍无可忍以后，她终于向男友坦承一切，愤怒的男友无法忍受自己被欺骗，毅然拂袖而去。

“虽然现在的男友，条件远不如前任，但我在他面前不用怕说错话尴尬，也不必刻意客套。我到现在才明白，原来最好的并不见得适合自己，适合自己的，才是最好的！”

心灵小语

一位男性朋友为了追到心目中的女神，每次约会都刻意投对方所好，表现出成熟、讲究品味又热爱户外运动的模样，但私下的他其实是个童心未泯，穿着邋遢又不爱出门的大宅男。尽管顺利追到女神，这段恋情却只维持了短短两年。女友几乎从一发现他的真面目后便不断跟他争吵，虽然他极力挽留，女友依旧毅然决然离开了他。

他说当初以为追到手后，女友终究能慢慢接受真实的他，没想到交往后的落差更造成女友的反感。“早知如此，我宁可当初以真面目接近她，至少还能成为朋友，不像现在对我充满怨恨与不谅解。”朋友黯然地说。

每个人都希望在心仪的人面前表现最好的一面，但若是跟真实的自己落差过大，反而让人感到无法信任。

与其找一个条件优越却得勉强去配合的对象，不如找个让自己相处起来舒服的伴侣，而且，不需刻意做作的感情，往往也较为持久。

17 失去滋味的面店

你爱一个人的话，你根本不会介意他的条件。一旦你介意他的条件，那不是证明你现实和势利眼，而是证明你根本不够爱他。

——中国香港作家 张小娴

结束一段痛苦的恋情之后，女子在身心俱疲的状况下接受了现任男友的追求，虽然现任男友待她很好，但是交往时间愈长，她却愈来愈闷闷不乐，反而经常怀念起以前的男友；并且常不自觉地将现任男友拿来跟前任男友比较，愈比，愈觉得现任男友处处不如前男友，于是她对男友也逐渐不耐烦起来，连看到男友的脸都让她觉得讨厌。

相反地，她却千方百计打听前男友的消息，甚至连做梦都梦到前男友。

女子将心事告诉妹妹，并满怀愧疚说：“虽然很对不起现在的男友，但我实在无法忘记前男友，我想我还是跟他分手，让他另外去寻找能给他幸福的女人吧！”

过了两天，妹妹打电话给女子，兴奋地说：“姐，你还记得你一直念念不忘的那间面店吗？我最近发现它又开始营业，明天我就带你去吃。”

第二天，妹妹依约带着她来到记忆中的面店，女子满心期待地点了一堆美食，然而佳肴入口却没有想象中好吃：汤头太咸、面条缺乏弹性、小菜也没有预期中的美味。

走出店外，女子皱着眉头跟妹妹抱怨：“老板的水平好像变差了，没有想象中好吃。”

“其实以前你就说过，不喜欢这家面店的味道，只是后来这间面店歇业后，记忆将它的滋味美化。所以，不是它的水平变差，而是你忘记了，它其实并不合你的胃口；它的美味来自于你对过往时光的怀念，而非真实的味道。”妹妹笑笑地继续说，“你跟前男友也一样，时间让你淡忘了过去分手的原因，就算你真的回到前男友身边，只要造成你们分手的因素没有改变，同样的问题还是会再次发生。”

“与其追忆失去的过往，不如尝试好好经营现在的情感，免得造成未来的遗憾与后悔呀！”

心灵小语

认识的两位朋友都有和前任情人复合的经验。

甲女因为一直无法放下对前男友的感情，最后在现任男友极度不谅解的情形下回到前男友的身边。刚开始两人均沉浸在失而复得的喜悦中，但是时间一长，过去造成两人分手的因素又慢慢浮上台面；不仅如此，她之前的感情也在争吵时被拿来翻旧帐，两人终究还是黯然分开。

乙女和前任男友分开后各自遇到新的伴侣，但在经过挫折后两人又走到了一起。对于再次的复合，他们经过了一番审慎的思考，在不断讨论、沟通、建立彼此的共识后，两人终于决定结婚，现在过得相当幸福。

每一个人的状况都不同，能不能和前任情人复合也没有标准答案，但在考虑复合之前，应该先仔细评估彼此所存在的问题是否能够解决，别让回忆所导致的意乱情迷造成日后的后悔。

18 为何好心会被雷劈？

在要说一些事之前，
有三件事要考虑：方法、地点、时间。
——中世纪波斯诗人 萨迪

有位女子嫁给独子，婚后与公婆同住，婆媳间的关系也很亲密。不久后女子有喜了，公婆更是非常高兴，欢天喜地地迎接新生儿的到来。

怀孕期间，在婆婆的悉心照料下，女子胖了二十公斤，生完孩子以后也没有瘦下来的迹象。爱美是女人的天性，她当然也不例外，眼看以前的衣服一件件都穿不下，她跟老公哀怨地说："唉，妈的手艺太好，害我怎么也瘦不下来，看来非要忌口才行。"

为了要成功减肥，刚坐完月子她就忙着减肥，希望能恢复昔日苗条的身材。由于想要瘦得健康，她决定三餐都只吃清淡的食物，但又不好意思麻烦婆婆额外准备，便决定自己动手。

因为平常饭菜都是婆婆料理，所以她便告知婆婆："妈，您煮的菜，油盐有点太多了，我想减肥，希望能吃得健康一点，所以，以后我吃的饭菜，我自己准备就行了！"

但随着她的身材一天天恢复，婆婆的脸色也跟着越来越难看。然而婆婆没有具体责备过她什么，女子也摸不着婆婆生气的原因，只有暗自揣测："可能是因为生了女孩让婆婆失望了。但我又何尝愿意让她老人家失望呢？反正等怀了第二胎再说吧。"这样一想，女子也就将这件事抛在脑后。

直到有一天，女子量量体重，发现自己完全恢复了标准身材，便满心欢喜地走到客厅，对正在看电视的家人宣布："我总算健康地瘦下来啦！"丈夫也很为她高兴，只有婆婆发出"哼"的一声，扭过头走回房间。

摸不着头绪的女子不懂婆婆为何恼怒，连忙要丈夫去向婆婆问个清楚。过没多久，丈夫走出婆婆卧房后告诉妻子："妈说，她觉得很生气又很难过，因为她天天费心帮你准备丰盛的食物，你却嫌她做的菜不健康！"

"我没有呀！"女子赶紧替自己辩白，这时婆婆从房间走出来，生气地说："你明明就告诉我，我做的菜又油又咸，害你发胖。你要吃健康一点，所以，以后饭菜都要自己准备。现在你总算开心了，不是吗？"

心灵小语

过于直接的言语，经常会带给人伤害，原本没有恶意说出口的话，听在别人耳中却像是有心的挑拨，反而无法表达自己真实的心意，尤其对愈亲密的人，愈容易犯这种错误。

我交过一个不善言辞的男友，他虽然为人十分善良，对我也很不错，但从他口中说出来的话却往往让我抓狂。例如他经常说：“你一定要这样，不能那样……”要我帮他拿东西时，也很少说“请、谢谢、对不起”，而是“去给我拿什么过来”。这样的语气让人一听就不想照办，也经常造成我们争吵的导火线。

修饰言辞并不代表要做一个虚伪的人，而是让自己跟别人都感到舒服，愈是身边亲密的人，我们愈不能忘了感恩与尊重啊！

19 别让苛求打败真爱

爱情是相互了解的别名，男女双方只有相互真正了解，对方的思想、习惯、性格、情操，才能建立真正的感情。

——现代物理学之父 爱因斯坦

有对年轻情侣在同一间办公室上班，男才女貌，同事一致认为两人非常般配，但因为男方家境略为清寒，所以必须在事业上多冲刺几年才能谈婚论嫁。

青年信誓旦旦地跟女友说：“虽然你还得陪我吃苦几年，但等有朝一日成功之后，我一定会给你最好的一切！”女友深情款款地看着青年：“放心吧，我一定会支持你。”

不久后青年觉得待在现在的公司没什么前途，于是跟女友商量："我想去卖衣服，自己做点小生意，但我现在还请不起人手，你愿意帮我吗？"女友二话不说就辞去工作，帮青年一起创业，青年每天到外面摆路边摊卖衣服，女友就负责批货与经营网店。

几年后的某天，青年在街上碰见以前公司的秘书，寒暄几句后，秘书很自然地问起："俗语说立业成家，你跟女友的喜事应该近了吧？"没想到青年却摇摇头说："我们分手了！"

"你们不是一起做生意，而且感情也一直很好吗？"秘书惊讶地问，青年黯然地说："服饰店的生意始终没有起色，她嫌我没钱，所以和我吹了。"

秘书听了之后，感叹一会，又安慰青年："既然她无法陪你同甘共苦，早早分开也好。"

"女人多半嫌贫爱富，我已经看开了，世界上好女人本来就不多。"青年冷冷地说。

第二天秘书将青年与女友分手的消息告诉其他同事，所有人议论纷纷，都认为女友实在太无情了。

过了几个月，秘书在路上巧遇青年的前女友，忍不住责怪她过于现实，女友却反问秘书："如果我真的在乎钱，又怎会陪他从一无所有开始奋斗，并且将存款取出来帮他创业，还将最宝贵的几年青春都给了他呢？"

"既然如此，你为何要分手呢？"秘书不解地问。

"我跟他分手的原因和钱一点关系都没有，而是厌倦了他不断考验我对他的爱！"

原来女子的父亲生病急需医药费，她只好放弃陪青年创业的计划，转而寻找高薪的工作帮助家计。青年非但没有体谅女友的苦衷，反而不断非难她在他需要人手时无法帮忙，更责备女友对他没有信心，最后心力俱疲的她只好选择分手。

回家后，秘书传了一则简讯给青年："世界上不是没有好女人，只是你不懂得珍惜！"

心灵小语

在爱情中，有时我们常会放大自己的需要，忽略了对方曾经的付出。这样的结果往往导致永远觉得自己“爱不对人”，然后将分手的结果归咎于对方的身上，最后虽然耗费心力谈了一场恋爱，却没有提升任何经验值，反而戴着偏见与自怜的眼镜。

当要求情人陪你患难见真情时，不妨扪心自问：自己是否也能做到义无反顾呢？

20 她们不爱好男人

先将一个人的生活过好，
才有能力过好两个人的生活。
——国际知名小提琴家 林昭亮

很多人都很羡慕A女有这样的男友：勤俭又老实，不抽烟不喝酒，不嫖不赌，假日也不会往外跑，唯一的兴趣就是看电视，更从来不发脾气。大家都说他是好好先生，连A女的父母都对未来的女婿满意得不得了，然而理应过着幸福日子的A女却一天比一天消瘦。

就在两人爱情长跑了数年，即将迈入礼堂的前一刻，A女却突然宣布要和男友分手，并且铁了心肠不接受任何人的劝说。A女的决定让许多亲友都觉得难以谅解，纷纷指责她：

“身在福中不知福”、“将来一定会后悔”。然而A女分手后气色却愈来愈好，看来也更有自信。

A女的好姐妹不解地问：“这种打着灯笼都找不到的好男人，你放弃他难道真的不觉得可惜？”

“一点也不！”A女斩钉截铁地说，“这种吝啬自私、刻薄无情、毫无情趣的男人，我早就该离开他了！”接着A女开始一一数落前男友的罪状：“他打手机给我，十次有九次会突然断线，等我回拨，他说刚好没电，后来我才知道他是为了想省电话费。跟他出门各付各的不打紧，还总是吃路边摊。他从来没费心安排过任何节日，更没给过我任何惊喜。休假只想待在家看电视，就算我安排好了行程，他也硬是要我取消，理由是出门要花钱。”

A女喘了口气，恨恨地接着说：“就连我跟他吵架，他也是自顾自地看电视，写信跟他沟通也没响应，根本把我当空气。你说，这种男人能叫好男人吗？”

心灵小语

传统的观念认为男人只要没有不良嗜好、不花心、认真工作、勤俭老实，就算是标准的好男人了。于是有很多宅男大为不解：“明明我很符合好男人的标准，但为何总是交不到女友？”

过分勤俭可能会变成斤斤计较，没有不良嗜好只是彼此的基本分数（毕竟很少女人也会吃喝嫖赌），过分老实变成呆板，相处起来毫无乐趣，拒绝沟通的另一半更教人抓狂，以上的种种美德如果过了头，还真会让人难以消受。

随着时代改变，现在女性懂得提升自我，相应地，对男性的要求也跟着不一样了。一味努力工作而生活白痴的男人，未必就是现代女性心中的白马王子。

如果你是男人，何不尝试在勤俭老实之余再多加一点贴心，让自己成为女人眼中的绩优股；如果你是女人，不必为了想找个依靠，就勉强自己去跟大家眼中的好男人交往，因为，你真正要的是什么，唯有你最清楚！

Faïencier
Serrailler La Chaîne

21 “对小姐”变“错小姐”

改变你自己的同时，也正是成长的开始。

——美国教育家和演说家 利奥·巴士卡力

青年在历经一段刻骨铭心的恋爱之后就独身至今，虽然他条件不错，也不乏主动对他表示好感的女人，但他的身边却始终没有出现新对象，以至于年近四十还是个单身汉。

“你迟迟不肯交新女友，该不会是因为对前女友还念念不忘吧？人家都已经是两个孩子的妈了。”老友说。

“哪有这回事，我也很想早点定下来啊！”青年叹了口气，幽幽地诉说无尽的烦恼，“我是因为始终遇不到对小姐，碰到的女人不是凶悍的男人婆，不然就是谈不来，有些则是来往一阵子之后就自动和我疏远，我也是百般无奈啊！”

老友听了以后便动用关系，帮青年报名一间非常有口碑的婚友社，这间婚友社由于成功率极高，许多人想参加都不得其门而入。老友千叮咛万交代婚友社的老板，务必好好帮青年找到适合的女子，婚友社老板也信心满满地拍胸脯：“包在我身上！”

然而青年虽然频繁地参加婚友社的活动，一年后却还是没有速配到任何对象，老友便向婚友社老板兴师问罪，指责老板不够尽心。

老板却大呼冤枉：“不是我不尽力，而是你朋友那种心态，谁也帮不上他的忙哪！”

原来青年每次一遇到新对象，就开始滔滔不绝诉说过去那段刻骨铭心的情史，不少人认为青年还陷在过去无法自拔，就打了退堂鼓。

即使有些大方的女子不在意，交往一段时间后，青年又将新女友和前女友拿来比较，结果不是嫌对方没有前女友体贴，不然就是认为与新女友之间没有默契。比来比去的结果，就是感到新不如旧。

等到真的出现一个优秀到无可挑剔的女子，他又悲观地担心对方会如前女友一般离他而去，就这样错过一次又一次的机会。

老友听了老板的话后，便告诉青年：“一边怀疑一边盼望着，一边又对过去的伤疤无法释怀，你这种心态就算有机会遇到对小姐，也会变成错小姐啊！”

心灵小语

这是朋友最近告诉我的真实事件，她遇见一名男子条件相当优秀，但一开口就是过去的情史，让人觉得他根本还没做好投入下段恋情的准备，自然很难跟他有进一步的发展。

有些人因为曾经有过难忘的恋情，也许因为种种因素没有修成正果，虽然心中亦明白那段恋情已经一去不返，但潜意识却还是对旧情念念不忘。当出现下一个对象时，便不自觉地将新旧拿来做比较，由于回忆的美化，自然常常是人不如旧了。

我们可以从过去的经验中学习和成长，却不可能将过去的经验复制到未来。再说人是不断改变的动物，即使和旧恋人再次相恋，感觉也一定会和过去有所不同。

世间上没有完全相同的两个人，每一段情感经验都是独一无二的，唯有做到放下过去，才有机会开创未来！

22 后悔莫及的青年

每个人，都是自己的命运建筑师。

——古罗马历史学者和政治家 色拉斯特

青年发现女友竟然和前男友还保持联络，尽管女友再三解释他们只是普通朋友的关系，但青年还是不分青红皂白，将女友痛骂一顿，一气之下女友提出了分手，负气的青年便说：“有什么了不起，分手就分手！”

回到家后，青年怒气冲冲心想：“既然她对不起我，我也要给她一点颜色瞧瞧！”于是他打开计算机上了聊天室，约了一个陌生女子见面发生关系，但事后男子却没有得到想象中的满足，反而有点莫名的空虚感。回家后，他上网将这件事的经过告诉好友，并再三叮咛要好友为他保密。

过了几天，女友的前男友亲自找上门向青年解释：“我们真的是清白的，我也有女朋友了，事情完全不是你想象的那样。”原来女友的前男友只是因为一些琐事要请女友帮忙才和她联络。青年这才觉得自己太过莽撞，便和女友言归于好，两人的感情比从前还要亲密。

时间一天天过去，半年后的某日是情人节，女友一大早就来到青年的住处，兴高采烈准备一块出游。但青年还在厕所刷牙洗脸的时候，女友却怒气冲冲冲进厕所给了他一巴掌，接着就哭着跑出门。

满头雾水的青年走出厕所，才看见女友竟打开了他的聊天纪录，一夜情的事件就这样摊在女友眼前。

之后女友就再也不肯接青年的电话，青年只好不断传简讯给女友，但无论他如何解释、求情，女友也没有一点回应。

某天女友的姐姐突然出现在青年家楼下，她双眼通红告诉青年：“妹妹因为受不了你出轨的事，负气闪电结婚，嫁给一个她根本不爱的人，这都是你的错！”

青年没想到，当初自己一时的报复冲动，不但破坏了原本美好的爱情，也伤害了自己深爱的人，但一切都已后悔莫及。

心灵小语

以前有位朋友因为目睹男友出轨便展开报复，她到聊天室四处找一夜情，然而报复的结果却是被传染了性病，虽然没多久就治愈了，但这对正在伤痛的她无疑又是一个打击。

报复有很多种方法，其中最笨也最不值得的一种，就是去做自己原本并不想做的事，甚至以伤害自己，来达到让对方心痛的目的。想一想，万一对方根本无动于衷，岂不是让亲者痛、仇者快，根本得不偿失，何况一时冲动报复所产生的后果，往往教人悔不当初。

我一直觉得报复的最好方式，就是活得比对方更好。当有一天对方成为你生命中的过客时，你却已经成为更好的人了！

PART 2

人生牌局拿什么牌命中注定，如何出牌操之在己

23 为何天作之合却不合

家人互相结合在一起，

才真正是这人世间的唯一幸福。

——法国物理学家 居里夫人

有一个科技新贵平常工作压力很大，忙了一天，下了班回到家，迎接他的却是一屋子的冷清。于是他很渴望结婚，希望回家以后有个人能让他诉诉苦，安慰鼓励他。

虽然身边不乏女同事，但他却不想跟同行交往，因为他觉得："这些从事冷冰冰的科技业的女生，虽然精明能干，但个性一定非常强势。还是护士、老师这种行业的女生会比较娴淑顾家，适合娶回来当老婆。"

于是他千方百计托人介绍，终于认识了一个在大医院上班的护士小姐，他积极追求，努力表现，终于在半年后抱得美人归。

婚礼办得十分盛大，新旧好友都出席参加他的婚宴，新郎与新娘郎才女貌，看起来真是一对天作之合。但没几个月，青年与妻子却闹上了新闻版面，原因竟是夫妻打架，然后互控家暴！

“这是怎么一回事？你们不是才结婚没多久吗？怎么就闹成这样？”朋友讶异地问。

青年气冲冲说：“我也不知道怎么了，本以为我娶了一位善解人意的娇妻，回到家能有人帮我按按摩，然后听我说说话。谁想到她反倒叫我帮她按摩，而且还是只母夜叉，我凶她比我更凶，一点也不肯相让！”

青年的妻子也有话要说：“我平常在医院忙得要命，原本以为他是个木讷老实的工程师，应该很能包容我，可以让我在回家以后撒撒娇，倾诉一下工作的烦恼；哪知道他婚前跟婚后完全是两张嘴脸，不但不愿意听我发牢骚，还只一味顾着说他自己的不愉快，我白天在医院已经听够病人的抱怨，可不想连回到家都还要听老公唠叨！”

朋友不禁失笑：“你们两人的心态完全一样，只是理所当然地以表面条件来判定对方的性格，却没想过真正去了解对方，只想从对方身上得到抚慰，却不愿意付出，这样的婚姻要不出问题也难啊！”

心灵小语

我有位女性朋友，她洋溢的才华及专业能力让我十分崇拜欣赏，但我却很怕跟她聚会。原因是每次只要一碰面，她就开始滔滔不绝地说自己的事，只要别人一说跟她无关的话题，她就流露出一副意兴阑珊、不感兴趣的模样。这样自我中心的态度，让我觉得跟她见面成了一件苦差事。

记得看过一则关于企业家何丽玲小姐的报道：文中提到当她家意外失火，何小姐所做的第一件事不是关心自己的损失，而是亲自拎着礼盒与致歉卡，拜访每一户邻居，为火灾造成的不便致歉。

无可避免地，每个人的人性中都有自私的成分，我们很难关心别人胜过自己。很多人希望自己能被人了解，却很少有人愿意花时间了解别人。

但是人与人之间的相处若要圆满，我们就必须学会为别人设想，因为唯有愿意帮别人设想，别人也才会愿意替我们设想，而懂得付出之道的人，也必然能在人际关系中丰收！

24 鸡腿与鸡肋

有些爱情只是幻象，我们以为自己不能离开那个人，后来却发现，要离开他，并没有想象中那么困难。

要忘记他也几乎不需要花什么工夫。

——香港作家 张小娴

一位正在攻读博士的青年，不仅外形挺拔英俊，本身又前途看好，因此他的身边从来不缺爱慕者，其中最痴心的一位，自然就是某学妹了。

学妹的外表虽然不算靓丽，却也是个清秀佳人，不仅贤慧温柔，对青年更是百依百顺。他需要时，她随传随到；他有事时，她识趣地闪开不去烦他。他身上穿的名牌衬衫，手上戴的名牌手表，都是学妹送的礼物。他就像是太阳，她则是行星，绕着太阳不停打转。

但青年对学妹的态度始终若即若离，学妹总是安慰自己："总有一天他会知道，世界上只有我对他最好。"

某次他得了重感冒，学妹不眠不休在他身旁看护，几天下来累得瘦了一圈。当他痊愈之后，感动地握着她的手说："这世上只有你对我最好！"学妹欣慰地红了眼眶，觉得自己的深情守候总算有了代价。

然而青年的温柔并没有持续很久，才不过几个月，又恢复成原本忽冷忽热的态度，当学妹开口关心时，他只是淡淡地说："工作太忙，我累了！"

学妹心疼青年的学习辛苦，便帮他炖鸡汤，送补品，但青年还是离她愈来愈远。终于有一天，青年的某位同学看不下去，悄悄告诉她："其实他已经交了新女朋友，都好几个月了，全系上都清楚这件事，只剩你还不知道。"

伤透心的学妹跑去质问青年，没想到青年立刻爽快承认了，并且理直气壮地说："我一直把你当做好朋友，也希望我们永远都是好朋友。"

学妹受到打击后，过着以泪洗面的生活，好在有位追求者细心呵护，学妹才慢慢恢复往日的神采，也接受了这位追求者。

有天夜里学妹接到青年的简讯，里面写满他被劈腿的痛苦，并且希望能和学妹见一面。

学妹犹豫了一会，望着身旁熟睡的男友，回了简讯："对你来说我只是鸡肋情人，食之无味，弃之可惜；但对他来说我却是可口美味的鸡腿，我也祝福你找到自己的正餐！"

心灵小语

电视剧中的男女主角，身边往往都会有这样的男女配角，他们的共同特色，就是对主角一片深情，但最后跟主角厮守终生的对象永远不是他们，于是只能黯然神伤地祝福别人。

鸡肋情人无非是希望能从备胎修成正果，但是这种被动的守候遥遥无期，除非真的愿意让青春被等待填满，否则又何必守在把你当配角的人身旁，忽略自己生命中的主角呢？

25 为何只能孤独过一生？

不害相思，幸福就没你的份。

把爱情赶出了生活，你就赶出欢乐。

一帆风顺的爱情，其实寡味。

——法国喜剧作家 莫里哀

有个女子在经历失婚创伤后，认定自己不适合谈感情，便将生活重心寄托在工作上。当有人劝她再找一个伴的时候，她总是无所谓地耸耸肩，笑说："感情这种东西已经跟我没关系了，而且我不需要男人也可以过得很好！"

某日，女子的公司来了一位新的业务主任，一段时间相处后，这位业务主任喜欢上了女子，在几次单独出游之后，主任便鼓起勇气向女子告白："如果你愿意的话，请考虑跟我交往。”

同事知道后都纷纷鼓励女子：“主任为人诚恳，相貌也很端正，是个难得的好对象，你一定要好好把握。”女子对主任也颇有好感，但害怕再一次受伤，便心想：“与其到时痛苦，不如独自一人轻松自在。”于是婉拒了主任的追求，继续过着单身的日子。

过了几年，又有人帮女子介绍一位事业有成的商人，约会几次以后，商人便询问女子：“我希望能以结婚为前提跟你交往，不晓得你对婚姻有什么看法？”

女子心里虽然充满期待，但一想到过去恋情失败的惨痛经历，便潇洒地甩甩头发，改口说道：“我觉得我不适合婚姻，也没有再婚的打算，其实一个人也很好啊！”商人听了没有多说什么，从此再也没向女子提出邀约。

之后，女子果然独身过了一辈子，当她临终上了天堂的时候，慈爱的上帝在天堂门口迎接她：“我的孩子，这一生你过得好吗？”

听到上帝温柔的言语，女子的眼泪溃堤了：“主呀，为什么我周围的人们都能遇到终生扶持相伴的好男人，我却孤独地过了一生？”

“但，孩子，”上帝惊讶地说，“我以为这是你想要的人生呀！”

心灵小语

以前认识一位既美丽、工作能力也很强的业务经理，令人好奇的是她始终没有男朋友。刚开始，我对于男人竟然错过这样的好女人感到不可思议，但慢慢地却也了解个中原因。

原来这名业务经理总是动不动就把男人贬得一文不值，经常开口就说：“天下的好男人早就死光了，剩下的都是垃圾。”

当有人想尝试帮她介绍对象，她总是说：“他有赚得比我多、比我能干吗？没的话，我干吗要跟他在一起？”

所有人都觉得她抱独身主义。直到某次她喝醉，我才不小心听到她吐露真心话，原来她的内心非常渴望爱情，那些刺耳的话只是害怕受伤的防卫机制罢了。

有些人真心觉得一个人很好，但有的人却是因为受过情伤，才干脆将感情拒于门外，但不停将机会推掉的结果，往往就会变成真的独自一人。

每段缘分都是独一无二的，遇过几次不好的对象，绝不代表下一次也会这样，如果你比较喜欢两个人的生活，何不勇敢接受其实还是想幸福的自己，将那扇紧闭的心门打开呢？

26 感谢生命中的烂桃花

跟爱人在一起的时候，我们可以找到平衡与生命力。

反之亦然……因为生命是丰富的，不论是“分”还是“合”。

——美国心理治疗师和作家 夏绿蒂·凯瑟

有位熟女走过多年情史，谈过不少恋爱，却没有一段能开花结果。交往的男友有劈腿惯犯、老是在找工作的失业汉、迟迟不肯给承诺的恐婚男，就是没有一个能值得托付终生的男人。

眼见身旁的姐妹一个个找到终生归宿，女子虽然事业颇有成就也不免感到孤单。有一天她忍不住感叹地向好友说：“看着别人都能找到幸福，我却净是遇见一堆烂对象，浪费我的大好青春，真是白活这么多年。”

好友听了没多说什么，却从珠宝盒里拿出三只玉镯子放在桌上，她先将最左边的玉镯递给女子，并说：“这只玉镯是我十年前买的，你觉得漂不漂亮？”女子细细地端详，只见玉镯的颜色有深有浅，缤纷的色彩看来十分讨喜。

女子笑笑地说：“很漂亮，这只玉镯应该花了不少钱吧！”“那么你觉得它大约值多少钱？”女子又打量了一会手中的玉镯，猜道：“看不出来，不过肯定很贵重吧？”

好友不急着回答，将中间的玉镯递给女子：“这只则是我在五年前买的，你觉得如何呢？”女子同样仔细观察玉镯，第二只玉镯为白绿两色，颜色饱满可爱，她便说：“这只似乎比刚才那只玉镯更好。”“你能猜出价格吗？”好友又问，“一定比刚才的还贵。”

好友笑着摇摇头，拿出了第三只玉镯，告诉女子：“这只是我最近才买的，你仔细看看。”女子发现第三只玉镯通体翠绿，十分晶莹剔透，更神奇的是拿在手上的质感，与刚才那两只玉镯截然不同。

“奇怪，我本来觉得方才那两只玉镯很美，但是现在看到这只玉镯，却觉得刚才那两只玉镯很普通，根本没什么价值。”

好友听了哈哈大笑，说道：“你说的一点也没错，第一只跟第二只玉镯都是仿造的假货，只有这第三只玉镯才是真品。然而若是没有假货的比较，你又怎能感受到真品的好坏呢？”

“人也是一样啊！要是没有经历先前那些烂桃花，你又怎能比较出男人的好坏；退一步来说，这些烂桃花也历练了你，让你变成一个经验丰富、进退得体的好女人呀。”

心灵小语

身边有一位朋友就是如此，在谈过几次不顺遂的恋爱后，每次分手对她来说都像是一层阴影，让她对爱情愈来愈没信心。

其实烂桃花虽然让人抓狂，却也让人成长，要不是有这些失败的爱情经验，我们又怎能分辨出哪些人值得我们真心付出，哪些人却可以挥挥衣袖，不带走一片云彩?

感谢生命中的烂桃花，让我们学会珍惜，懂得爱。

27 一双高跟鞋的启示

真正的亲近关系，在付出与接受之间，
不带着丝毫利用或欺骗。
——美国教育家和演说家 利奥·巴士卡力

美貌又事业有成的A女爱上了有妇之夫，大家都以为身为“小三”，她一定从男人那边拿了不少好处。事实却正好相反，A女的男友常向A女调头寸，A女心疼男友创业维艰，不但拿出积蓄支持，下班后还经常到他公司帮忙，做免费的义工。

虽然这段见不得光的感情很辛苦，A女却觉得甘之如饴，因为男友常常告诉她：“我跟妻子早就没有感情了，只是离婚牵扯到太多复杂的问题，所以我实在无法跟她分手，但在我心中，你是我最重要的人。”

A女的执迷不悟让亲友都看不下去，A女却屡劝不听，好友不解地问：“他早就跟你说过不可能离婚，这种自私的男人值得你这样付出吗？”A女摇摇头，不以为然地说：“我并不需要什么名分，只要他真心爱我就够了。”

某天A女的大学同学约她一起逛百货公司，A女挑了老半天，看上型录中由知名设计师所设计的一双银色高跟鞋。A女拿着型录去向店员要求试穿，没想到店员却告诉她：“这双鞋是展示用的非卖品，本地并没有贩卖，必须从国外空运过来；除非设计师本人同意，否则根本无法贩卖，而且只制作了一个尺码，就算买了，您也穿不下。”A女仔细一看，果然标明的尺码比她的脚足足小了一号。

虽然大学同学一直劝她放弃这双又贵又不合脚的鞋，A女却越看越喜爱这双鞋，怎样也无法舍弃。最后她请求店员联络人在国外的设计师，让他同意出售这双鞋，然后又花费大笔金钱将它空运入境，接着送去给专业的鞋匠放大。前前后后花费了将近一年的时间及无数费用，才终于把心爱的高跟鞋带回家。

大学同学望着对鞋子爱不释手的A女，笑笑地问：“你为何要为了一双鞋，花费这么多时间跟金钱？”

“这还用问吗？当然是因为我非常喜爱这双鞋，非它不可啊！”

“既然你为了一双鞋都能付出这么多了，假使你男友真的那么爱你，为何却无法排除万难离婚，反而选择脚踏两条船，伤了你也伤了自己的妻儿呢？”

心灵小语

当处于一段付出和收获不对等的关系中，人们常会为自己所爱的对象找尽许多借口，来证明对方情有可原。说穿了，就是老话一句：他其实没那么喜欢你。

爱情本来就没什么道理，人的行为却有规律可循，只要换个角度想，如果你非常、非常爱一个人，你一定会尽可能不让对方猜疑、伤心、失望，你做不到的原因只有一个：那就是你没那么爱他。

我一直觉得恋爱是很私人的事，有时当事人也觉得不值得，却始终无法放下。但请你在义无反顾的同时，也别忘了爱自己一下，因为只有好好爱自己，才值得别人来爱你！

28 女大男小的恋爱

抛开条件，

你会在想象不到的地方发现爱。

——知名生死学大师 伊丽莎白·库伯勒·罗斯

一个女子和男友非常相爱，但他们的恋情却遭到双方家长强烈反对，只因他们是一对相差七岁的姊弟恋。男友的母亲认为女子是“烂桃花”，带着男方到宫庙去找乩童，希望斩断这段情感；亲友更轮番来说服，希望他能“回头是岸”。

女子的父母也很不谅解，父亲破口大骂：“你找个比你小那么多的，是在找小白脸吗？等以后人老珠黄还不是被人家甩掉！”母亲同样天天以泪洗面，家里闹得鸡犬不宁。

为了能安静享受两人世界，女子和男友选择搬出去同居。虽然少了家人的干扰，却连朋友都在背后窃窃私语，有人笑女子是老牛吃嫩草，有人则说男友缺乏斗志，才会想找个大姐姐照顾自己。

不久后，更传来男友妈妈气到生病住院的消息，男友只好回家陪伴父母。最后男方在强大的压力下，含泪向女子提出分手，女子虽然百般无奈，也只能黯然接受分手的事实。

对感情失去信心的女子很快就接受家人安排，与一个年纪相当的男子结婚，父母亲十分满意这门亲事，逢人就说："这样速配的婚姻才会幸福长久啊。"

可是父母的预言却没有成真，因为女子对丈夫根本没有多少感情，平常对丈夫总是冷冷淡淡，丈夫从妻子那边得不到温暖，孩子出生后没多久就另有外遇。女子也丝毫不在乎丈夫出轨，一心只放在孩子身上，婚姻等于名存实亡。

过了几年，女子在路上碰见前男友的妹妹，提到当年的种种，妹妹叹了口气："其实我爸妈很后悔当年没有接纳你！"原来前男友虽然顺从父母的意思离开女子，心中却充满怨怼，和双亲的感情大不如前，之后的恋情也都以分手收场。

"其实仔细想想，婚姻幸不幸福还是跟经营有关，即使年龄相当，谁又能保证一定美满呢？"妹妹感叹地说。

心灵小语

之前有一则满轰动的新闻，女方与男方不但是师生恋，而且女方还足足比男方大了十几岁，虽然两边都已成年，还是遭到不小的反对声浪。

在保守的东方社会，相差很多岁的姐弟恋往往要承受众人的指指点点，有趣的是，男大女小的恋情却好像不用承担这么重的压力。

或许条件相当的爱情的确比较容易顺利，但也不能因此一概否定差异性大的情侣就不可能幸福，一切完全还是要看双方是否有共识经营未来。

面对姐弟恋，我们何妨多给些空间和祝福，毕竟幸福是没有公式可言的啊！

29 香水与果酱的选择题

爱让一切变得丰富，

关键只在于你是否愿意去体会。

——安宁照护界先锋 戴维·凯思乐

有个女子深爱男友，对他不但百依百顺，更辞去原本稳定的工作，协助身为室内设计师的男友创业。由于女子非常能干，在她的帮助下，男友得以无后顾之忧全心发挥才能，就这样两人一起度过了事业草创期的风风雨雨。

好不容易男友的公司越来越上轨道，也都跟双方家长定好婚期，男友却在此时变心，爱上了条件远不如她的另一个女孩。男友开出一张支票当做对女子的补偿，并且跟她坦承："我对你真的很抱歉，然而爱是不能勉强的，即使必须负了你，我也无法放弃她。”

女子当然非常痛苦，却更百思不得其解，每天以泪洗面的她怎么也无法服气：“明明第三者不论外形、学历、工作能力都不比我强，更不像我曾经陪他吃苦奋斗，为何他却选了那个女人，难道是因为我哪里不够好吗？”这件事深深打击了女子的自信心，更让她对感情开始退缩，甚至下意识想模仿那个处处不如她的女人。

某天出国旅游的朋友，回国后前来拜访女子，并且拿了两件伴手礼让她挑选：一件是包装非常精致的手工香水礼盒组，另一件则是只有简单包装的迷你小果酱礼盒。女子拿起来看了看，最后挑选了迷你小果酱礼盒。

朋友笑笑地说：“其实迷你果酱的价值比起手工香水便宜得多，即使光看包装也应该看得出来，但你为何选了它呢？”

女子指着果酱礼盒说：“其实也没什么特别原因，两个礼物对我来说都很不错，我只是选了一个看得比较顺眼的罢了。”

朋友听了笑眯眯地说：“是啊，就像你只凭直觉选择较便宜的果酱礼盒一样，有时爱情也毫无道理可言，更无关条件的好坏，而我们只能选择接受与放下啊！”

心灵小语

一位美容师的男友劈腿爱上一名貌不惊人的女子，那名女子不但有过前科记录，男女关系也相当复杂，美容师的男友更只是她众多男友之一。但美容师的男友却宁可牺牲与美容师之间的稳定恋情，也坚持不愿与那名女子分手。

有次我去美发院洗头时，听到发型师跟我讲了以上这个故事，故事中的美容师正是这位发型师的好友，她忿忿不平地说："不论怎么比，我朋友的条件都远胜那位第三者，实在不知道她男友在想什么！"

也许那名女子表面条件的确不如美容师，但她身上却有美容师所缺乏的特点，例如会撒娇，或能激起雄性的保护欲望；也可能爱情真的是盲目的。

无论如何，我们都不需要为了别人的选择而否定自己，更不用因此变成另外一个人，我们唯一需要的就是好好经营自己，并找出你无可取代的价值。既然如此，又何须为了不识货的人而伤心呢？

30 鸵鸟心态的丈夫

爱情正是一个将一对陌生人变成情侣，

又将一对情侣变成陌生人的游戏。

——中国香港作家 张小娴

妻子和丈夫两人各有各的工作，然而婆婆抱持传统观念，认为女人就是要包办所有的家事，男人则不用分担任何家务，因此婆婆常耳提面命跟女子交代："女人要贤慧一点，家事是女人的工作！"

眼看老公回到家可以舒舒服服坐在沙发上当大老爷，自己却还得忙里忙外，周末还得一大早起床，陪婆婆上菜市场买菜。当妻子身心俱疲拎着大包小包回家，却看见丈夫睡眼惺忪刚起床，久而久之，妻子心中当然感到不平衡。

妻子气呼呼地跟老公说："我不是嫁到你家来当女佣的，请你一起分担家务事！"

但老公无辜地说："不是我不分担，一来，我妈要是看到我帮你做家事肯定更生气；二来，我根本不会做家事，想帮也无从帮起。"

"不会可以学啊，而且你也该去跟你妈沟通，我的压力真的很大。"妻子滔滔不绝继续抱怨，丈夫耸耸肩膀说："我觉得你太过计较了，至于我，一边是妈妈，一边是老婆，你要我怎么办？"接着便拿起报纸专心看了起来。

时间一天天过去，为了避免卷入婆媳间的风暴，丈夫对妻子和母亲的争执漠然置之，而妻子慢慢地也不再向丈夫诉苦抱怨，似乎已经习惯工作、家庭两头烧的忙碌生活。

但是，就在某一天的晚餐过后，妻子突然拿出一张已经签好名的离婚证书放在饭桌上，宣布她要离开这个家，然后拿出早就收拾好的行李，头也不回地离开。

妻子的大动作将丈夫吓了一大跳。为了挽回妻子，他天天往妻子的办公室送花，甚至承诺："我决定跟你搬出来住，从此你再也不必听妈的指挥了。"

"你难道以为，你妈就是造成我想离婚的原因吗？"妻子幽幽地开口说。

"当然了，你不正是因为妈一直叫你做家事，所以才要离婚吗？"

"长辈的观念难免跟现代人不同，我并不怪妈。"妻子淡淡地说："最令我伤心的是，你不闻不问的鸵鸟心态，甚至认为我小题大做，那种没人在乎我的感受的感觉，才是让我最心寒的地方！"

心灵小语

听过好多已婚的女性朋友抱怨婆媳问题，其中最让我不解的一点，是许多男性在婆媳问题中，好像都是一副事不关己的模样，甚至有朋友告诉我：某次她跟婆婆已经忍不住当面对骂起来，老公却还能若无其事看电视，仿佛这一切都与他无关。

也有男性朋友无奈地说："我帮哪边都不对，当然只好闭嘴了。"然而"冷处理"的态度并无法改善事态，妻子要融入一个她原本陌生的家庭，本来就需要老公的支持与适当的协调，才能让两边的关系圆满。

聪明的你并不用叫老公划清立场："挺我？还是挺你妈？"毕竟这是个无法选择的选择题，不妨请他认清"不处理，问题不会自动解决"的事实，请他设身处地站在两个最爱的女人的立场好好想想，或许就能让困扰我们多时的问题得到改善！

31 丈夫升职记

在语言交际中要善于找到一种分寸，
使之既直爽又不失礼，这是最难又是最好的。

——英国哲学家 弗朗西斯·培根

丈夫今天真是高兴极了，他满脸喜气回到家，一打开门就急着宣布："我升官了！老板把我升为设计部经理，薪水也加了八千元；走，今天晚上我带你们去吃点好的。"

一家人开车来到知名牛排馆，丈夫很豪气地拿着菜单对女儿说："要吃什么尽量点，爸爸买单！"

"得了吧你！"妻子不以为然地说，"也不过才加了几千块，你想想，每个月的开销要多少？这几千块就值得你乐成这样，还不是照样得省吃俭用。”

丈夫听了妻子的话不免觉得有些无趣，但想了一想还是兴奋地说：“话是没错，但能受到老板的赏识总是件好事吧！还是值得庆祝。”

妻子冷冷一哼：“是不是好事还很难说哩，当上经理后就得以身作则给下面的人看。不只要管人，压力也跟着增加，属下犯错你还要一起遭殃！”

“好，不说了不说了，点菜吧！”丈夫挥挥手，招来服务生点餐，女儿本来开开心心想点豪华海陆大餐，看了看母亲的脸色，还是叫了一客阳春的商业套餐。

热腾腾的牛排送上桌，丈夫一边切着牛排，一边又打开了话匣子：“我二弟最近网店生意做得不错，本来他只想兼职赚点外快，没想到生意越来越好，他打算辞去工作专职做网店，还叫我也投资一份，我看不妨一试。”

“还是不要。”妻子皱起眉头，“自己人反而难算账，到时兄弟起了冲突不就惨了。再说你有时间去查账看帐吗？你还是好好上你的班，别再胡思乱想。”丈夫垮下了肩膀，默默地吞下牛排。

饭后，女儿一边吃着甜点，一边笑嘻嘻地向父亲邀功：“爸爸，我昨天去上钢琴课的时候，老师说我弹得很好，还要我示范给全班看呢！”

丈夫鼓起掌：“真棒！如果继续保持下去，爸爸就考虑买一台钢琴，让你在家也能练习。” “真的吗？”女儿高兴得叫了起来。

“老师只是说好听话鼓励她罢了，一台钢琴要七八万，买回来还没位置放。再说，真正能当上钢琴家的能有几个？”妻子的长篇大论还没说完，却看见丈夫怒气冲冲拉起女儿，拿起账单，结完帐就走出大门，原本的欢乐气氛荡然无存。

妻子愣住了，她完全不知道，丈夫为何发这么大的火。

心灵小语

有个朋友投资副业赚了不少钱，却没跟老婆透露过一个字，本以为他是想藏私房钱，他却说："反正她只会泼冷水，我宁可不告诉她，省得心情变差！"

有时我们由于担心伴侣把事情想得太美好，忽略可能会发生的危机，忍不住当起了"泼冷水"的人，殊不知常泼冷水，不但会让对方感到沮丧，有时还会刺伤对方的自信心，造成彼此关系的对立。

人生固然需要理性，但也该乐于享受各种进步与成就，如果伴侣有了好表现，我们又何必吝于分享他的喜悦呢?

32 爱与性之间的课题

真爱是无条件的，
它主动付出肯定、珍惜与尊重，
从不夹带任何索求。
——美国两性关系专家和作家 约翰·格雷

有一对大学情侣最近吵得不可开交，因为女子发现男友背着她偷偷跟网络上的女生搞暧昧，气急败坏的女子不断逼问男友："说，你跟她之间到底是什么关系？你们进展到什么地步？"

"唉，就是朋友而已嘛！"男友避重就轻回答，但禁不住女友再三追问，他终于不耐烦地说："好啦，其实我只是想找她上床，但你也不能怪我呀！谁叫你迟迟不肯给我，我当然也有生理需求，你不答应，我只好向外发展了。”

这番话将女友轰得说不出话来，原来她因为家教甚严，并且有虔诚的宗教信仰，一直不愿答应男友的要求。

“难道交往就一定要做那件事吗？”女子流着眼泪说，男友一边安抚她，一边说：“现在都什么时代了，哪有人交往不发生关系的，你一直迟迟不答应，莫非是因为不够爱我吗？”

女子急忙否认：“当然不是！可是，你不要勉强我好吗？”

男友搂着女友的肩膀，温柔地说：“我这么爱你，怎么舍得勉强你呢？就是因为不愿这么做，我才会想在外面解决生理需求啊！”

女友想了想，虽然她并不想在婚前发生性行为，却更不愿自己的男友和别的女人发生关系，最后在百般无奈之下，只好说服自己：“反正我们早晚会结婚，就当做提前体验吧！”就这样她勉强同意了男友的要求。

女子本以为“奉献”身体后，男友从此会对自己一心一意，甚至暗自开始幻想婚礼的情景。但甜蜜的生活只过了两年，某日男友向女子提出分手，原因是他爱上别人了。

“我都跟你上床了，你应该跟我结婚，怎么可以这样不负责？”女子气昏了头，哭得肝肠寸断。

但男友一脸茫然地说：“我是说过我爱你，却没承诺过要娶你，发生关系是彼此心甘情愿的，你怎么能说上了床却没娶你，就代表不负责呢？”

心灵小语

听过不少男性朋友的说法，几乎都认为“性”是爱情中很重要的一部分，很少有男人愿意接受男女朋友之间没有性关系。然而，若再问到发生性行为是否就代表结婚的承诺，大多数男人却又搞不懂两者之间有什么关联，这点跟女人的想法相当不一样。

除非是能将性跟爱分开的人，否则一般女性，大多还是希望在双方有可能长久交往的前提下发生性行为。有些男人也觉得有爱才能上床，但多数并不会觉得上床等于承诺彼此之间会有长远的关系。

时代不同，观念也发生变化，只有抱着对对方负责任的态度，当然可以与你喜欢的人发生性爱，但千万不要想借此巩固双方的关系才上床，因为做爱并不一定等于被爱！

33 异性友谊行不行?

彼此相爱却不要使爱成为枷锁，

让它就像你俩灵魂之间自由流动的海水。

——黎巴嫩诗人 纪伯伦

有两个女孩从小就是好友，但两人对感情的处理态度却截然不同。甲女与男友从大学时代就开始交往，男友是个占有欲很强的人，将甲女看管得密不透风，甲女也认为有了男友后就不应该和其他异性往来，连单纯吃顿饭或喝杯咖啡也一律拒绝。慢慢地不但追求者另寻目标，一般的男性朋友也都对她敬而远之，最后甲女的世界只剩下男友和少数女性好友。

乙女认为：“为何有了男友就要牺牲社交生活呢？难道今天我有了男朋友，就连友情都不能拥有吗？”即使有了男朋友，她还是坚持保有异性朋友，男友虽然曾提出抗议，但因为乙女的态度相当大方，她跟这些异性朋友的确只是纯友谊的交往，男友只好睁一只眼闭一只眼。

甲女非常不赞成好友对感情的态度，她皱着眉头告诫乙女："有了男朋友就应该断绝与其他异性的往来，否则不就等于变相劈腿吗？"

乙女却说："我只是单纯吃饭聊天，也都已经事先向男友报备。再说，如果我连跟异性吃顿饭都会吃到床上去，那他就更应该庆幸早日认清我的真面目啊！"甲女只有摇摇头，心中对好友的想法很不以为然。

时间过得很快，几年后甲女的男友向她提出分手，理由是觉得彼此不适合。气愤又伤心的甲女觉得自尊心受损，毅然答应和男友分手。然而因为平常几乎跟男性绝缘，又遭到恋人背叛，让她无从了解男友变心的原因，只是觉得"男人没一个好东西"，于是她宁可孤单过日子，也不愿再轻信感情。

乙女和男友也有过好几次的感情风波，但因为身边有不少"智囊团"可供请教，总算顺利渡过一次次的危机，和男友之间愈来愈稳定。

甲女实在想不通：为何她"坚守妇道"，感情却反而走得更不顺遂？

心灵小语

很多人觉得有了交往对象以后，就不应该再有异性朋友，但我对此抱持不同的看法。

姐妹淘虽然好，看法却太过接近，最后常只是一起把“臭男人”痛骂一顿。而男女的想法其实很不 样，当我在感情中遇到瓶颈，异性朋友常提供我很多好的建议和不同的方向，让我纠结已久的困扰豁然开朗。

只要彼此都够成熟，能拿捏好男女之间的界线，拥有异性朋友又何妨？但还是应该先与伴侣沟通，协调跟尊重彼此的意愿；相对地，如果伴侣愿意给你这样的信任，我们应该更加珍惜！

I ♥ BERLIN
EAST-SIDE-HOT
Wir sind ein Volk

34 愈宠就会愈坏

爱不能只在言语和口头上，总要在行为和诚实上。

——圣经

有一对夫妇刚刚新婚，感情好得不得了，深爱丈夫的妻子更期许自己做一位能干的贤妻，让丈夫感受到家庭的温暖。

丈夫看见妻子正要到厨房洗碗，赶忙上前想要帮忙：“你煮饭这么辛苦，碗我来洗就好了。”

妻子笑笑挡了回去：“我才不放心你洗碗呢！万一没冲干净，可是会拉肚子，你把桌子擦一擦就好了。”丈夫将桌子擦干净之后无所事事，便坐回沙发开始看电视。

洗完了碗，妻子开始整理一包包的垃圾，丈夫见状凑了过来：“我来吧。”

妻子将垃圾袋口绑了个结：“你会垃圾分类吗？”丈夫搔搔头，不好意思地说：“没试过，以前都是我妈在弄。”“还是我来吧！万一弄错了可是要罚钱的。”丈夫于是走回客厅看电视。

处理完了垃圾，妻子拿出吸尘器开始吸地，丈夫赶紧跳起来：“这个我会。”妻子将吸尘器交给丈夫，自己又忙其他家事去了，等到一忙回来，发现丈夫早已将地吸好。

“怎么这么快？你有认真扫吗？”妻子不放心地检查各处缝隙，果然发现沙发下方、地毯死角都布满了灰尘。妻子一边叨念：“唉，男人就是不细心。”一边拿起吸尘器再次清扫，丈夫讪讪然地插不上手，只好一屁股又坐回沙发。过了一会儿，他发现书架乱了，便将书一本本搬下来。

“别动别动，你在干嘛？”妻子赶过来劝阻。

“整理书架啊！这些书我整理到一半，你别动，等会把我弄乱了。”丈夫听了妻子的话，只好将书又一本本放回原位。

日子一天天过去了，新婚的甜蜜逐渐淡去，妻子也看丈夫越来越不顺眼。

“回到家就翘着二郎腿等开饭，吃完饭，碗筷朝水槽一放就走，这也罢了，东西到处乱扔，我哪是老婆，根本像是女佣！”妻子生气地想。

她忍了又忍，终于有一天忍不住发飙了：“明明两个人都在工作，为何你回到家就能当大老爷，我看你简直被宠坏了！”

丈夫傻眼了：“可是，不是你叫我什么也别动的吗？”

心灵小语

有位在广告公司上班的朋友因为工作的关系，常常要加班到深夜，虽然她自己有交通工具，但男友难免不放心，常提议要来接她下班。

“我自己回家很方便，你来接我，我还得把车停在公司，反而麻烦。”为了体贴男友，朋友总是婉拒他的好意，宁可独自骑车回家。

但一段时间后，我却听到她抱怨男友越来越不体贴：“不但不接我下班，还交代我回到家不必打电话报平安，省得打扰他睡觉！”

在感情中我们常不经意地宠坏对方，等对方果真被宠坏以后，我们又觉得不平衡，开始指责对方：“你，太坏了！”

如果不希望情人被宠坏，当你在付出的时候就要适时让对方知道，该让对方付出时也要懂得领情，否则无尽地给予往往换来的不是收获，而是满腔的委屈！

35 不回家的秘密

现代人离“爱”愈来愈远，
离“欲望”愈来愈近。

——美国心理学家 弗洛姆

有位生性节俭的妻子很以自己“勤俭持家”的美德为傲，即使是已经不合身或过季很久的衣服，或者是旧到发黄的寝具她也舍不得丢，而是放在一个个箱子里保存，以备不时之需。于是家里的杂物越堆越多，将原本空间就不太大的房子挤得更为窘迫，虽然丈夫三番两次劝她改变习惯，她还是依然故我。

最近妻子发现刚上大学的女儿在外游荡的时间越来越多，刚上高中的儿子也总在同学家待到深夜才肯回家，妻子几番责备都没有效果。最后连丈夫下班后都宁可独自在咖啡厅消磨时间，往往她煮了一桌的晚餐也没人分享。

伤心又生气的妻子质问家人：“我每天辛辛苦苦忙早忙晚，就是为你们打造一个温暖的家，为何你们却宁愿在外闲逛也不回家呢？”

儿子低着头不敢正眼面对母亲：“家里总是有股怪味，让人很不想回家。”

女儿也支支吾吾地坦承：“家里真的又窄又挤，走到哪都是一堆箱子，我宁可去外面走走再回来。”

“这是什么话！你们真是不知好歹，难道连你也是这么想的吗？”妻子伤心又生气地转头看着丈夫，丈夫摇摇头说：“不是我们不愿回家，而是你一直将我们向外推啊！”

丈夫告诉妻子：“你在家中堆积了过多的旧东西，时间一久难免会发出霉味，更不要说紧张的空间让人喘不过气来，根本无法让人放松，我们又怎会想回到这样的家呢？”

“但是丢掉东西，岂不是很浪费吗？”妻子委屈地说。

“丢掉还需要的东西是一种浪费，但舍弃多余的东西，则是一种智慧啊！”丈夫揽着妻子的肩膀，笑着说。

心灵小语

朋友的母亲就如同故事中的妻子，总是舍不得丢掉一切的废物。据说他们家摆满了形形色色的旧物，连她婴儿时期所用的学步车都还留着，朋友哭笑不得地对母亲说：“我都已经快三十岁了，婴儿车也该丢了吧！”但她母亲却依然舍不得，原本相当宽敞的房子因此变得又窄又挤，通风和采光也大受影响，长期下来对健康实在没有好处。

人的一生当中会累积许多不同的经历，这些经历可能有正面也有负面，若是我们一味执著于负面的经历，难免被负面思考染上阴影，甚至被“心灵垃圾”拖垮了自己的信心。

就像屋内的废弃物需要定期出清一样，我们也应当适时舍弃自己心灵的垃圾，才能让自己看见前方亮丽的风景！

36 取走眼中的那粒沙

爱不是用眼睛来看，而是用心。

——英国戏剧家 莎士比亚

一个女子与男友吵架后一时冲动便提出分手，原本她以为男友会苦苦哀求挽留，没想到男友只是淡淡说："随便你。"女子拉不下脸，只好将错就错和男友分手；但之后她非常后悔，时时刻刻都在想念男友。

经过一段时间的僵持，女子终于忍不住，发了几通问好的简讯给男友，但男友的响应却是冷冷淡淡。

懊悔的她心想："一定是因为我提出分手，让他面子挂不住，他才会对我如此冷淡。"于是她决定低头，一连写了好几封求和的信件给男友，又在节日时送上男友喜欢的小礼物，但男友还是一副爱理不理的模样。

最后女子再也受不了了，于是单刀直入向男友忏悔：“之前是我太任性，不应该随便跟你提分手，但我也认真反省过了，你能不能原谅我，让我们重新来过？”

男友耸耸肩膀，不以为意地说：“我现在正在跟另一个女孩交往，如果你愿意等，也许还有机会。”女子听了简直不敢相信自己的耳朵：”我们才分手不到两个月，你就另结新欢？”

男友理直气壮地说：“喂喂，分手可是你自己主动提的，你一下要分开，一下要复合，难道我是你的玩具，让你呼来唤去？既然我们分手了，我就有跟别人交往的权利，如果想复合，那就看你自己愿不愿意等我跟她分手了。”

还深爱男友的女子不愿就此放弃，只好委屈忍了下来。从正宫成为男友与新女友之间的小三，这种日子让女子每天都过得痛苦万分。她经常苦苦哀求男友和新欢分手，但男友每每以“是你当初爱耍任性，才会沦落到现在的地步”来拒绝她。女子也觉得一切都是自己造成的后果，只好继续忍耐，做一名见不得光的地下情人。

某天女子到朋友家拜访，发现朋友家虽然装修得美轮美奂，却养了一只丑陋又残废的小黄狗。这只黄狗不但样子难看，习惯也很差，不一会儿就在家具上四处乱撒尿，任凭主人如何呵斥也无用。

“这只狗难看又不听话，你为何偏偏要养它呢？”女子指着小狗，好奇地问友人。

友人笑着说：“虽然它既丑又爱闯祸，但也有很多可爱之处。”接着又说，“爱不是只有享受对方的优点，更重要的是包容对方的不足啊！”

走出朋友家，女子立即打电话向男友提出分手，并说：“我终于明白，你若是真心爱我，早在我诚心向你道歉时便会原谅我，不会以我一时的错误为借口来折磨我，既然你并不爱我，我又何必苦苦纠缠呢？”

心灵小语

朋友留学期间曾发生一夜情，回国后她向男友坦白忏悔，男友当时虽然选择原谅，之后却频频以此为理由劈腿许多次。出于赎罪心态，朋友一直无怨无悔地包容男友，希望有一天能换来男友的原谅。

没想到，男友遇到另一名女子，居然二话不说和她分手。她才醒悟原来自己所做的一切全是徒劳无功，男友不过是在找到下一个目标的过渡期间，利用她的悔意脚踏多条船。

爱对方的好是理所当然的，包容对方的坏则是莫大的考验。如果对方犯了错，我们有权利选择“不原谅”，却不需要以对方犯错为理由，借此无限上纲，当作折磨对方合理化的借口。

如果你的爱情的眼中容不下一粒沙子，何不取走那粒沙，放彼此一条活路呢?

37 丈夫的领悟

爱，需要时间；爱，也需要诚实；
爱，还需要用言语来表达。

——美国诗人 惠特曼

妻子正准备去和许久不曾碰面的大学同学聚会，临走前丈夫不忘交代："我要在家顾小孩，所以就不去接你了，不过你自己也别太晚回来。""知道了。"妻子说完后，就开开心心地出门和朋友聚会。

和好友聊天，时间总是过得特别快，一个下午转眼就过去，很快就来到傍晚时分。此时，同学提议："等一下小美就要下班了，反正大家都好久不见，要不要把她叫过来？"

"好啊。"妻子爽快地答应，于是同学便拿起手机拨打给另一名好友。此时妻子的手机也跟着响起，电话那头传来丈夫有些不耐烦的声音："天都快黑了，你还没要回家吗？"

"我们临时决定把另一个朋友也约出来，她的公司就在附近，刚好等她下班，大家一起聚一聚。"妻子回答，丈夫"喔"的一声，没有多说什么就挂上电话。

一群姐妹边吃边喝，边聊起大学时代的回忆，说到有趣之处，忍不住哈哈大笑起来。此时妻子的手机又响了："孩子都在找妈了，你到底有没有要回家？"电话那头传来丈夫低沉的声音。

"唉，等一下就回去了啦。"妻子皱着眉头放下手机，好友们纷纷嘲笑："哇，你老公真爱你，才几小时不见就开始急着找你了！"

"才不是那么一回事咧！"女子没好气地回答，"我看八成是小孩吵闹，他受不了，才会要我赶快回家！"接着姐妹们又愉快地聊了起来，直到快到末班车的时间，才依依不舍彼此告别。

妻子才刚打开家门，丈夫劈头就说："不是叫你早一点回来？你知道现在几点了吗？"

"你不必指责我，平常都是我在带孩子，不过偶尔一次和朋友见面，拜托你带小孩，你就这么一副不甘愿的嘴脸！"妻子很不高兴地回答。

"什么？"没想到丈夫一头雾水的模样，"我哪时候指责你了？""你一直打电话来催我，不就是因为不耐烦小孩吵闹，想叫我早点回家带孩子吗？”妻子说。

丈夫叹了一口气：“哪有这回事，孩子们今天乖得很，早早就睡了。”

妻子走到房间一看，果然小孩都睡着了，她不解地问：“既然这样，你干吗不断催我回家？”

“最近社会新闻那么多，我是担心你太晚回家会发生意外！”

“既然是关心，你的口气又何必这么凶？一副兴师问罪的模样。”妻子不禁委屈地说。

“我的老天！”丈夫无奈地摇摇头，“我只是想认真地叮咛你，提醒你该注意回家的时间，没想到居然被你解读成责骂……”

心灵小语

类似的故事曾好几次发生在我身上，在对方看起来是“关心”、“叮咛”的好意，却被我解读成“责备”与“问罪”，鸡同鸭讲了半天，才知道对方原是一片好意。只能说人与人之间的想法大不同，男女之间对事情的看法更有很大的歧异，难怪有本书叫《男人来自火星，女人来自金星》。

开诚布公说出想法是解决误解的最好方式。如果怕言语会造成进一步冲突，不妨尝试利用书信来表达内心的想法，唯有不厌其烦地沟通，才能拉近彼此“心”的距离！

38 好运只在一念间

具有丰富知识和经验的人，比只有一种知识和经验的人，更容易产生新的联想和独到的见解。

——英国数学家 泰勒

有对即将结婚的新人，最近正为了“房事”烦恼。他们打算买间新房，一方面当做投资，另一方面也作为婚后的居所，但在寸土寸金的都市，要买间符合预算又住得舒服的小窝着实不易。因此每到周末看屋就成为最重要的活动，只是所找到的房子不是超出预算太多，就是地点格局不佳。

他们足足找了将近半年，还是看不到一套理想的房子。终于皇天不负苦心人，让他们在某次看屋时遇见理想的好屋。

“这间不错耶，采光棒、格局佳，地点离我俩的公司都还算近，最重要的是价格符合我们的预算！”女友兴奋地拉着未婚夫的手，未婚夫也觉得相当满意，便说：“的确不错，不过还是应该回家跟爸妈们商量一下，毕竟买屋是大事，总是要让长辈知道。”女友听了觉得有道理，两人便带各自的父母再来看一次房子。

女方的双亲倒没什么意见，直说只要小两口自己喜欢就好，但未来的婆婆可有话要说了：“这套不行，再找别的！”

“为什么？”女子不解地问，“这套哪里不好？”“这套是四楼，‘四’就是‘死’，多不吉利！”男友母亲指着门牌说。原来男友的母亲思想相当保守，坚持民间的传统忌讳。

“妈，这什么年代了，那些都是迷信。”男友极力劝导母亲，但母亲仍然十分坚持：“无论如何，有‘四’就是不好，四楼绝对不行！”

男友母亲的固执让女子非常不满，她虽然没有当面顶撞，却在私下对男友抱怨个没完：“买房子你妈又没出钱，意见却多得不得了。你看我爸妈多明理。”“错过那套房子，要再找到相同条件的可就难了。再说既要符合我们的需求又要合乎她的条件，我看比登天还难！”

男友既无法说服母亲，又要不断安抚女友，最后也不耐烦地跟女友吵了起来，彼此闹得差点解除婚约。

女子的姐姐觉得这样下去不是办法，便悄悄地告诉两人一条妙计……

隔天男友对母亲说：”我们看了一套房子，这套房子大吉大利，保证妈满意。”于是母亲便跟着儿子来看屋，但抬眼一看，还是上次来看的那套房子，母亲不满地说：”不是跟你们说过，有‘四’不行吗？”

“这可不是四楼，您看！”儿子带着母亲走到门牌前：”而是‘赐’楼！”原来在姐姐的建议下，两人订做了一个小小的门牌，将原本阿拉伯数字的“4”改为中文的“赐”。

母亲看了扑哧一笑，便不再坚持反对，两人也就顺利完婚。

心灵小语

故事中的看房子事件发生在我朋友身上，只是最后的结局却是因为双方各执己见无法协调，婚事只好暂时喊卡。

恰好，我记得之前看到一则新闻，屋主也觉得门牌“4”不吉利，但他灵机一动将之改成国字的“赐”，不但将忌讳转为好运的象征，也让人不禁会心一笑。

人与人相处难免会因为观念不同而产生摩擦，如果我们以硬碰硬的方式处置，往往会弄到两败俱伤，但若是能拐个弯，以幽默的方式处理，或许会得到意想不到的圆满结果！

39 男子的两个凶老婆

外表往往与事实本身不符，
世人却容易被表面装饰所欺骗。
——英国戏剧家 莎士比亚

老夫老妻数年，虽然妻子个性强势，生活上也有数不完的小缺点，但整体来说婚姻还算平淡幸福。即使两人时有口角，男子也从未动过离婚的念头。

然而一切都随着男子调派到分公司而改变，他在当地认识了一位年轻女子，两人情投意合，但为了避人耳目，只好私下偷偷往来，每次见面都刺激又浪漫。

这位情妇有些与众不同，不但从不向男子拿钱，反而处处为男人着想，说起话来更是小鸟依人，总是耐心倾听男子诉说生活的烦恼，男子握着情妇的手，歉疚地说：“你真好，只可惜我们相见恨晚。”

“我要的只是你的心，名分我一点也不在乎。”情妇温柔地说，这让男子对她更为疼惜了。有了情妇相比，妻子的缺点变得越来越令他无法忍受。

丈夫在外有女人的消息，不知怎地还是传进了妻子耳朵。妻子自然和丈夫大吵特吵，男子虽然知道自己理亏，却还是理直气壮地说：“有外遇不是我一个人的错，你也需要检讨检讨，平常你爱唠叨，凡事管东管西，一点也不温柔，久而久之哪个男人都受不了！”两人感情越吵越淡，最后干脆协议离婚。

离婚后，男子如愿把新欢娶了回家，两人过着只羡鸳鸯不羡仙的生活，真是快乐极了。

但是婚后的某天，新妻子却突然皱起眉头，双手叉腰，指着没有掀起来的马桶盖，对着他大骂：“跟你讲过多少次，上厕所要掀马桶盖，难道你耳背，怎么讲也讲不听！”

新妻子和过去判若两人的表现，让男子惊呆了。不仅如此，他还慢慢发现新妻子和前妻越来越像：唠叨，锱铢必较，甚至脾气比前妻更加暴躁，嫉妒心也更强。

三杯黄汤下肚，男子不禁向朋友抱怨道：“原本以为她贤慧温柔，没想到却比我前妻更凶悍，我真是看走眼了。”

朋友大笑着说：“并非你看走眼，而是身份不同，立场自然也不一样！”

“以前她是你的情妇，只需陪你风花雪月即可，两人既不住在一起，又没有天长地久的打算，对小争执自然得过且过；但现在她是你的老婆，在乎的事情变多，争执当然也就多了。是你自己看不穿这一点，又怎能怪妻子们脾气差呢？”

心灵小语

朋友的母亲是传统妇人，多年来陪丈夫吃了不少苦，却常被老公嫌弃是凶悍的母老虎。

前几年朋友的父亲认识一名离婚的女子，他竟然就这样抛弃发妻，和那名女子结婚，理由是对方楚楚可怜又温柔体贴。但朋友却说："父亲后来十分后悔，因为婚后那名女子就露出真面目，不但比我妈更凶悍，管我爸管得更严！"

其实我倒不认为是对方有意隐瞒性格，欺骗朋友父亲，只是随着立场不同，人的想法必然会改变，表现出来的情绪当然也不一样。

为了新欢想放弃旧爱时，必须先搞清楚，我们贪恋的究竟是真爱，还是一时的浪漫与新鲜感?

40 为了老鼠打坏房子

生命只有走过才了解，

但必须往前看才能活得下去。

——丹麦哲学家 齐克果

还在念大学的女孩最近遭到男友劈腿，而且男友还不是遮遮掩掩地偷吃，而是光明正大和劈腿对象在校园搂搂抱抱，劈腿对象竟然还是女孩平常很照顾的学妹。女孩知道这件事后虽然心如刀割，但她依旧力持镇定，平心静气对男友及学妹说："即使你们爱上彼此，我也可以成全你们，但至少该跟我交代一声吧！"

"为什么要跟你交代呢？"男友竟然大言不惭地说，"当初我不过是跟你玩玩，可从来没有承认过你是我的女朋友！"学妹也一脸不屑："是你自己条件不如人，抓不住男人的心，可怪不了我！”

女孩恨透了前男友的无情，更怨怼学妹的不讲情义，眼见两人卿卿我我，出双入对，完全不顾她的感受，女子的心中开始有了报复的念头。她计划买硫酸将学妹毁容，再往那负心汉的心脏插上一刀，好让他也尝尝心碎的滋味。想到报仇带来的快感，女孩的脸上出现了冷冷的笑容……

女孩买好了刀子与硫酸藏在床下，准备找个适当的时机作案。某天她在家中听到隔壁传来轰然巨响，女孩走出家门一看，发现邻居拿着一把大铁锤，用力地敲击自家的墙壁，墙壁被敲出一个个大洞，眼看再过不久整面墙就要全毁。

“这是怎么了？你干吗要毁了自己的房子啊？”女孩惊讶地看着眼前的景象，邻居恨恨地说：”都怪那些老鼠，偷吃东西也就算了，昨晚还咬了我女儿几口，害她上医院缝了好几针！”

原来邻居家躲了几只嚣张的老鼠，经常偷东西吃不打紧，还打翻贵重的瓷器，咬伤家人。邻居试过各种方法都抓不到狡猾的老鼠，在盛怒之下便拿出铁锤敲打墙壁，打算“玉石俱焚”，即使毁了房子，也要捣毁老鼠的窝。

女子听完理由后哭笑不得：“虽然老鼠可恶，但你房屋的价值比起老鼠不知高了多少倍。你可以暂时搬到别的地方，然后找灭鼠专家来处理鼠患，又何必为了几只畜生赔上自己的家呢？”

女孩说完后突然灵机一动：“这不就像是在讲我自己吗？我的前途比起那两个烂人贵重得多，我又何必为了他们赔上自己的人生呢？”

心灵小语

最近又有则令人无奈的新闻，某女子怀疑男友劈腿，因为男友在她生日当天又彻夜不归，女子灰心之余就在社群网站上实况转播自己烧炭自杀的经过。

不论女子的男友是否真的劈腿，至少在我看来，在女友生日当天宁可选择在外玩乐而彻夜不归的男人，基本上已经是一种不爱的表现了。

为了一个已经不爱你的人而赌命，就像是为了老鼠而打坏自己的房子一样，都是非常不值得的一件事。

或许有时我们真的很难忍住当下的情绪，“被背叛”、“被伤害”的痛苦，让人很容易因为一时的情绪激昂做出傻事，但请你记住老鼠与房子的故事，因为可恶的老鼠，永远不值得你赔上贵重的人生。

41 伤人的暧昧关系

女人的想象力极为快速，

片刻间便从倾慕跳到爱情，从爱情跳到婚姻。

——英国小说家 简·奥斯汀

刚进入一家新公司的女子因为人生地不熟，凡事都小心翼翼生怕出错，还好她的主管很体谅属下，在他的指导下，女子很快就步上工作轨道。

工作上的频繁接触，也让女子渐渐爱上了这位年轻又很有能力的主管，而主管似乎也总是有意无意地特别照顾她，让女子的心中不禁小鹿乱撞："他应该对我有好感，才会这样处处维护我。"

终于在一个加班到深夜的夜晚，女子大胆邀请送她回家的主管上楼坐坐，两人因此有了第一次的亲密接触。事后，主管再三跟女子告诫："我们的关系绝对要保密，否则你我都很难做事。"

"放心吧。"女子甜蜜地笑着说，"你是为我着想，我知道该怎么做。”两人就这样维持秘密的情人关系，谁也不知道他们之间私下往来。

然而日子一久，女子不禁抱怨：“公司的同事也就罢了，但你为何从来不把我介绍给你的朋友跟家人，也不肯认识我的亲友呢？”

“我每天忙成这样，哪有时间到处吃饭应酬？”主管振振有词地说，接着又换了一种温柔的语气：“我们现在这样不是很好吗？又何必多此一举呢？”

女子还是不放心地追问：“那你喜欢我吗？”

“要是不喜欢，我又何必跟你在一起？”女子听了觉得很有道理，便不再多说什么。

某天女子却意外从资深的同事口中，听见一个晴天霹雳的消息，原来主管早就有了交往多年的女友，只等对方回国就准备举行婚礼。

“你骗我！为何没告诉我你早就有了女朋友！”女子流着眼泪控诉，但主管却眉头一皱，满脸不耐烦说：“你也没问啊！”女子听了一愣，因为两人几乎日夜见面，她的确没想过主管早就有女友。

“但是，你说你喜欢我。”

“我的确喜欢你，否则又怎会跟你上床呢？”主管回答。

女子继续质问：“既然你爱我，我们也有了亲密关系，你就应该跟我结婚，而不是去娶别人！”

主管却冷冷地说：“喜欢并不等于爱，做爱更不等于要结婚，这个道理难道你不明白？！”

心灵小语

这个真实故事就发生在我朋友身上。故事中，主管的行为固然不可取，但也是因为她将太多事情想得理所当然，才让自己受到了伤害。

除非你的情人是偶像艺人，否则当对方不愿意将你公开在他的社交圈之中，往往就是该留意的警讯，若不是他早已另有对象，就是不能确定是否要和你走下去。

如果不想沉溺于暧昧不清的状况中，最好的方法就是坦诚说出你的想法，请对方做出选择，才不会无谓地浪费彼此的时间！

42 别让好意变质

千万不要在争执中表现出优越感，

提出看法时，永远要保持谦逊。

——美国第一任总统 乔治·华盛顿

表妹的男友生性眼高手低，一心只想做大事发大财，不愿从基层做起，一把年纪了还赖在家中靠父母供养，当个标准的“啃老族”。

男友的好吃懒做让表妹十分烦恼，她经常找感情很好的表姊诉苦：“他迟迟无法自立，这样下去根本不可能结婚。”

表姊认为表妹根本不需要浪费时间在这种男人身上，就苦口婆心地劝说：“好高骛远的家伙有什么值得你留恋的呢？还是趁早分一分吧！”

“但我已经跟他交往五年了，我还有多少青春可以浪费呢？”对男友还有感情的表妹，实在无法舍弃多年的情感，就这样一天拖过一天。

某天伤心的表妹又来向表姊诉苦："他工作不积极也就算了，还被我抓到跟别的女人搞暧昧！"

表姐实在又心疼又气愤，便忍不住开始数落："跟你说过多少次了，这种男人早点分早点好，偏偏你不听我的，现在尝到苦头了吧！我真不懂当初你怎么会看上他。"表妹低着头一语不发，默默听着表姐长篇大论说教。然而表妹最后还是瞒着表姐，偷偷地与男友言归于好。

一次家族聚会的时候，表姐听到表妹偷偷打电话给男友："聚会快要结束了，等等我坐出租车去你家找你。"等到表妹讲完电话，表姊便开口问道："你又与他和好了是吗？"表妹只好点头承认。

"但现在时间这么晚了，要碰面也应该是他来接你，怎么会是你自己乘车去找他呢？"

"嗯，这是……"表妹吞吞吐吐欲言又止，最后才坦承因为男友最近染上赌博劣习，欠了不少钱，只好将代步车子卖掉偿还赌债。

"这男的不务正业也就罢了，还用情不专。现在更好，连赌博也学会了，你说说，这种垃圾男，别的女人避之惟恐不及，你倒是拣起来当宝，连你表姐夫都说，你男友真是男人之耻……"表妹如此不争气，让表姐气得脸都发青了，不由分说，劈头大骂表妹。

表妹起先不言不语，任凭表姐责备，后来眼泪却夺眶而出："反正我就是又笨又没用，除了他以外又有谁会接纳我呢？"

心灵小语

曾听说了一位前同事竟是家暴的受害者，她的先生虽然没有动手打她，但是长期的言语暴力早已让她身心俱疲。

让我惊讶的是这位前同事已经结婚十年，我不禁讶异地问告诉我这件事的朋友："她怎么那么傻，就这样忍了十年却不离婚？"

"就是因为大家都骂她傻，她才更加觉得自己一无是处，只能待在那男人身边！"朋友语重心长地说。

亲友深陷在一段不值得的感情之中，当然让我们心疼、气愤，很希望能"骂醒"当事人，但是好意若是表达不当，不但可能让对方更加失去自信，还可能将对方愈推愈远。

当觉得该劝的都劝过了，有时我们也只能选择静默地守候，等待对方清醒时给他一个拥抱。

43 得理不妨饶人

道理是用来要求自己，不是用来苛求他人。人与人相处，讲求的是“伦理”，而非“论理”。

——法鼓山创办人 圣严法师

丈夫的小弟最近生意出现危机，急需一笔资金运转，因为已经退休的公婆也凑不出钱来，一向疼爱老么的婆婆便要丈夫将定存解约，好帮小弟筹措资金。

“开什么玩笑！”妻子听了不禁火冒三丈，“你弟弟不久前才赔了两百万，根本不是做生意的料！再说这笔定存是我跟你的钱，你爸妈居然连问都没问过我，就要你把定存解掉！”

丈夫皱着眉头说：“我只是先跟你商量看看，何必生气。”

“反正这件事我绝对不会同意，你找个借口回绝妈！”妻子丢下这句话就转身离开。

但是孝顺的丈夫禁不起母亲百般劝说，最后还是瞒着妻子将定存解约，把钱借给了小弟。

“你摸着良心想想，这样对得起我吗？”妻子知道实情后愤怒地破口大骂，“为什么你们总是这么自私，只顾着自己？”接着便是连珠炮一般开始数落丈夫与婆家人的不是。

丈夫先是一语不发承受妻子的怒火，但最后也渐渐忍不住开始回嘴：“你有没有想过我的立场？我是老大，爸妈都说话了，我能说不帮忙吗？”

“好啊，你最孝顺，既然你没立场，那就让我来当这个坏人。”妻子越说越生气，拿起电话就打到小叔家，先是冷嘲热讽了小叔一番，接着便要求他立即归还这笔款项。和小叔讲完，马上又拨电话到公婆家，指责婆婆偏疼幼子，不顾长子的死活，然后不客气地拜托婆婆不要再为难丈夫……

发飙果然有用，没过几天，小叔就乖乖将那笔款项原封不动汇回来，婆婆也不再要求丈夫帮忙。然而事件过后，妻子发现丈夫对她的态度变得极为冷淡厌烦，两人之间仿佛隔了一座冰山。

妻子委屈地将一切原委告诉好友，并说：“这件事有理的人是我，他凭什么对我生气？”

好友叹了口气：“即使你有理，但不择手段地发怒虽然能达成目的，却也可能输掉这段关系啊！”

心灵小语

少年时的我经常“得理不饶人”，往往因为觉得自己是对的，言辞间常咄咄逼人，完全不让别人有台阶可下。结果虽然赢了面子，却常常输了里子，即使明明自己才是有理的这边，却反而落得在人际关系上被孤立的下场。

人是情绪的动物，也许平常可以有条有理地承认对错，但当情绪一来，理智常被抛到九霄云外，很难客观看待事实，这时就算你再有理，也常有理说不清。

处理问题有很多种方式，除非你已经打算破坏这段关系，否则即使自认有道理，我们还是应该把握生气的分寸，坚定而委婉地说出自己的难处与立场即可，不需要敲锣打鼓指责对方，俗语说：“留得三分情，日后好相见！”

PART 3

当下的选择与决定，造就你未来的人生

44 从此过着幸福快乐的生活?

只要有热情，不但可以改变一道菜，
更可以改变命运。

——美国传奇女厨师 茱莉亚·柴尔德

女孩和男友交往没多久就发现自己怀孕了，在双方家长“不希望堕胎”的强力要求下，女孩也就懵懵懂懂怀着浪漫的憧憬，披上婚纱和男友走进礼堂。

然而婚后她却越看老公越觉得他有数不完的缺点，她在纸上洋洋洒洒列出老公的种种罪状：

不体贴：不懂得要呵护有孕在身的妻子，自己吃饱了就不会关心老婆吃饭了没。

不上进：已经要当爸爸的人却不会替将来打算，每天早早下了班就像个大小孩一样，沉溺在电玩游戏之中。

不成熟：每当和婆家人意见不同，老公永远只会以孝顺当做名义，要女孩无条件接纳婆家的想法。

期望的落差，让女孩经常就跟老公吵架，婆家人的生活方式也让她很不适应，最后女孩再也无法忍受，干脆行李收一收回到娘家。

好友知道她婚后过得并不如意，便上门前来探望。女孩看到久违的姐妹，忍不住声泪俱下控诉婚姻生活的不如意："都怪有了这个肚子，我才逼不得已结了婚，早知如此，当初我绝对不嫁！"女孩越说越激动，最后斩钉截铁地说："我决定了，我要离婚！"

"离婚？"姐妹面面相觑，"但你才结婚没多久，现在小孩都还没生，你就要离婚，这样好吗？"

"当初是我事前没想清楚，才会草草结婚，现在我只想赶快结束这段婚姻，结束这个错误！"女孩痛苦地说。

好友语重心长说道："草率地结婚固然不对，然而草率地离婚岂不是错得更离谱？"

女孩摇摇头说："但是我觉得婚后并不比婚前来得幸福。"

"你认为婚后的生活并不符合当初的理想，所以觉得不幸，但你只是坐在那边等待别人给你幸福，却不曾为了得到幸福做出努力。你曾试着和丈夫或公婆好好沟通，尝试了解彼此的想法吗？"

望着沉思的女孩，好友笑笑接着说："既然都下了离婚的决心，你为何不尽最后的努力看看，真的不行再离婚也还来得及呀！"

心灵小语

故事中“闪婚闪离”的案例，是我从网友身上分享而来的，这样的情况在我们的生活中并不罕见。很多人抱着“从此过着幸福浪漫的生活”的想法进入婚姻，结果却发现婚姻是另一个更严格考验的开始。

如果婚姻之路真的走不下去，离婚或许也是无奈中的最好选项。但不管结婚或离婚都是劳民伤财、十分耗费心力的一件事，我们应该慎重再慎重地处理，免得赔了青春又伤了心。

没有经营好婚姻生活的决心，就不要轻许承诺；既然结了婚，就更别轻易离婚！

PENATES

45 找到对的人，从改变错的自己开始

我们必须对自己的生命负起责任，

然后才能选择自己的人生。

——美国教育家和演说家 利奥·巴士卡力

甲的同居男友是个“烂懒男”，终日游手好闲，不去工作。如果说女主外、男主内也就罢了，偏偏他不但不肯帮忙家务，还背着甲在外偷吃，不论她如何苦口婆心劝说，还是感化不了男友的劣根性。由于爱面子使然，甲始终不敢告诉亲友实情。

一次甲又再度抓到男友劈腿，这次她终于痛下决心和他分手，并搬出两人同居的房子。此时她才将过去的点点滴滴告诉朋友，朋友除了心疼之外，也为她终于摆脱“烂懒男”而庆幸。

经过一段疗伤期，甲认识现任男友乙君，乙的性格稳重踏

实，连甲的父母都觉得乙实在是个足以托付终生的好男人。

平淡幸福的日子一天天过去，某天烂懒男突然又出现在甲的面前，流着眼泪向甲忏悔自己过去不懂得珍惜，并求她能重新给他一次机会。

“不可能，我有男朋友了。”甲想也不想地回绝。但看着前男友穿着一件单薄的T恤瑟缩地发抖，她忍不住开口骂道：“这种天气穿这样出门，难道不会冷吗？”烂懒男冷得牙关都打颤，口齿不清地说：“我没有厚外套。”

甲皱着眉头：“不会去买一件吗？”“我刚找到工作，薪水还没发下来……”烂懒男嗫嚅地说。

甲实在看不下去前男友那副落魄样，便从皮夹掏出几千块：“这些钱你先拿去置装吧，等发薪再还我，好不容易开始上班，也该有个样子。”

烂懒男再次央求：“我不知道上班该穿什么衣服，你陪我去买好吗？”

甲无奈翻翻白眼，心想“好人做到底”，干脆就带着前男友去买衣服。

为了感谢甲的帮忙，烂懒男发薪之后不但将钱还给甲，还买了一个精美的礼盒送她。之后他陆陆续续和甲保持联络，有时是请教她工作上的意见，有时是请她帮忙挑选家用品。

男友相信甲自有分寸，所以从未多过问什么，倒是朋友警告她：“你和烂懒男未免走得太近了。”但甲笑嘻嘻地说：“怎么会呢？我不过是同情他，他一个人过日子没人照顾，帮点小忙也不为过。”

问题是，某次烂懒男生病在家中动弹不得，便千拜托、万拜托，请甲帮他买药过去。等她人一到，原本应该正在发高烧的他，突然起身一拉，然后事情就这样发生了。

虽然甲百般解释，但乙还是无法接受，最后伤心拂袖而去。

“都是你害的！”甲一把鼻涕、一把眼泪的控诉，烂懒男伏低做小地认错，“都是我不好，你尽量往我身上出气吧！”

之后，听说甲又悄悄地和烂懒男走在一起，而烂懒男又慢慢恢复成以前花心又懒散的德性。后来朋友才知道，这已经是甲第三次和烂懒男复合了。

心灵小语

以前身边也有这样的朋友，虽然男友好赌又经常向她要钱，但她还是无法跟他分开。而她的前夫也是同样的人，认识她的人都不禁感叹“红颜薄命”。

最近看到一句很有感触的话：“找不到对的人，改不掉错的自己。”

如果仔细观察，不难发现某些人的情感模式似乎总在同一个循环里打转，结果老是遇见不好的对象，得不到幸福。

我们可以归咎于时运不济，情非得已，一心期待对方突然变好，或者天上掉下来一个“Mr./Mrs. Right”，然后放自己一马，让日子得过且过。

我们也可以痛下决心让自己过得更好，正面承认自己处理感情的方式出了问题，然后避免下次发生同样的错误。

改变一个习惯的模式真的很难，承认自己的盲点更不容易，但唯有坚持往幸福的路上走，才有可能真的得到幸福！

46 选择能让你做自己的人

真正的爱情能够鼓舞人，

唤醒他内心沉睡的力量和潜藏的才能。

——意大利作家、诗人薄伽丘

某个知名财团的小开实在是位天之骄子，不但拥有显赫家世，外型俊美，还顶着高学历的光环。每个人都议论纷纷，想知道谁会成为那个套牢小开的幸运女孩。

不久后，小开竟然向某位刚出道没多久的模特儿告白，被选中的女孩简直不敢相信自己的好运，当然忙不迭答应小开的告白。

自从跟小开交往后，女孩的穿着品位就有了大幅度改变。原本她喜欢素颜与穿率性的牛仔裤，但小开告诉女友："我很讲究形象，为了跟我搭配，你也应该穿得时髦正式些。"于是每次女孩出门都会精心打扮，两人走在路上，真是男的帅女的美，令人赏心悦目极了。

由于要购买那些精致的昂贵衣服，女孩很快就开始入不敷出，但因为小开说："我喜欢独立的女人，最讨厌别人攀财附势。"因此她也不敢开口要求男友付账，只好不断地领出储蓄。

除了穿着，小开也一手掌控女友生活的细节：接哪些工作，交何种朋友……一切都需要经过小开过滤。

"无缘无故为何要疏远朋友呢？而且将工作往外推不好吧？"女友提出抗议。小开皱起眉头，冷冷地回答："你那些朋友见识不高，为了防止他们到处乱讲话，还是少往来的好；管你工作则是为了我的名声，省得别人对我女友指指点点！"

为了爱，女孩一一配合小开的要求。就这样女孩逐渐成为小开身旁最美丽的摆饰，漂亮得体却面目模糊。

小开对女友很满意，便上门到女孩家提亲。然而一见到未来的岳父岳母，小开脸色大变，没多久就借故离去，接着更要求取消婚约。

面对女孩的质问，小开理直气壮回答："你爸妈不但又矮又胖，还长得一脸乡巴佬样，我怎能让这种人当我的岳父母呢？"接着他又说："可惜，你种种条件都有八十分以上的水平，但你父母的分数实在太低，拉下了我对你的评分。如果你能答应从此不和娘家往来，那么或许我还能考虑看看我们的婚事。"

女孩听了终于醒悟，淡淡地笑笑说："可惜，你种种条件都有很高的分数，但你的人品得分实在太低，就算你愿意娶我，我也对你敬谢不敏！"

心灵小语

一名女子在仔细比较后，从追求者中选择一个不论长相、家世、职业都最优秀的对象为男友，女子对男友很是自豪，经常带着他四处炫耀，让旁人好生羡慕。

然而婚后女子却瘦了一大圈，最后她再也受不了内心的折磨才告诉好友，原来丈夫不仅有变装癖，还是个性冷感，他们之间 直“相敬如宾”，从未有性生活。

知道自己想要什么并没有什么不好，但某些人对待婚姻或爱情的方式，很像是在市场买东西，将各项条件一一列入评分的标准，接着就像杂志列表一样，在每个项目上打圈打叉，以此寻找符合理想的另一半。然而条件最好的对象，真的就是最适合自己的对象吗？

恋爱毕竟不是找工作，相处起来舒服自然的对象，才是最值得我们珍惜的对象。毕竟条件好的对象不等于会对你好，对你好这件事，本身就是最好的条件了！

47 亲爱的控制狂

一个个性平衡健康的人，
才有爱人的条件，也才值得当爱人。
——中国台湾作家 吴淡如

有个女子的男友老是喜欢掌控她的一举一动，只要她有事外出，就算还没到约定该回家的时间，男友也会不断地打手机问她：“人在哪里？”“几点要回来？”一起外出时，对于她的穿着打扮，男友也有意见：“你不适合穿这个颜色，还是穿白色那件。”

到了女友家，连居家摆设他都要干涉：“这柜子放在这边很奇怪，我帮你移到房间。”无论女子怎么跟男友抗议，男友都以“我是关心你”为理由，依然故我。

某天男友一如往常来到女友的住处，意外发现女友家中多了一只小狗，男友惊奇地问：“这只狗是哪里来的？”女友告诉男友：“姐妹临时有事要出差几天，所以拜托我帮她照顾一下小狗。”男友便跟狗儿玩了起来。

过了一会，女子在地上放了一块小小的地毯，又在地毯上放了个饲料盆，接下来拿出罐头倒进饲料盆，喂狗儿吃饭。小狗正吃得津津有味时，女子却突然将小狗眼前的饲料盆拿走，调整了一下饲料盆的位置后又放回原位。就这样重复了好几次，一直被打断用餐兴致的小狗意兴阑珊不想再吃，闷闷地走到一旁的墙壁发呆。

“你到底在干吗？”男友被女友的行为搞得满头雾水。

“它吃饭时总会将饲料盆推到地毯外面，我是在帮它摆好啊！”男友听了摇摇头，没多说什么。

一段时间后，女子又摇醒正在熟睡的小狗，并且拿了一颗球硬要它玩，看见小狗一脸睡眼惺忪的可怜模样，男友忍不住说：“你干吗把它吵醒？”

“小狗应该多活动才健康，我这是为它好。”女子理直气壮回答。

“照你这样不断控制、干涉它，它迟早会被搞到神经衰弱！”男友忿忿不平地说。

女子听了平静地回说：“既然连一只狗被过度干涉都会神经衰弱，那更何况是人呢？”

心灵小语

看了以上的故事，你是否觉得似曾相识？你的身边有控制狂吗？或者你本身就是个控制狂？

我也曾经遇过有“控制狂”倾向的男友，他总是不厌其烦想知道我的每一件琐事：“跟谁聊天？聊些什么？最近工作的内容？中午吃什么？”刚开始他的关心令人很感动，但到了后来，每天一连串的问题实在令人厌烦，尤其当情况演变成对方想进一步干预你的生活时，相信任何人都会受不了。

根据心理学家的说法，控制欲是反映出内心缺乏安全感，因此想要借由掌握对方让自己觉得安心。然而这世上每个人都是独立的个体，绝对没有人能百分之百地掌握另一个人，与其借由掌控对方换取安全感，倒不如让自己成为无可取代的存在，毕竟自信，才是安全感的最佳来源！

48 别嫁给你的恐惧

人生短短数十载，
最要紧的是满足自己，不是讨好他人。
——香港作家 亦舒

三十出头的A女最近频频被亲友催促，要她赶紧找个男友结婚，大家都郑重警告她："女人过了三十岁，行情就越来越差，当心到时没人要！"

本来相当有自信的A女，听多了这类的话，担心自己成为婚姻市场上的过季商品，便开始积极物色对象，最后认识了也届适婚年龄的男友，A女更为自己总算摆脱"三十拉警报"的处境而松了口气。

交往一段时间后，A女发现男友性格十分霸道，约会时总是自顾自地决定要去的地方，从来不曾问过A女的意见；每次吵完架后不论对错，总是要她先低头道歉才肯善罢罢休。此外更连

A 女的穿着、宗教信仰都要干涉，A 女虽然心中忿忿不平，却因担心自己嫁不出去，迟迟不敢舍弃这段处处受压抑的感情。

就这样过了一段时间后，男友跟她求婚，却有个先决条件："婚后你一切都得听我的，我可不希望娶个意见太多的老婆！"

"婚姻应该要互相尊重，哪有谁一定要听谁的道理？" A 女尝试和男友沟通，男友却高傲地说："要不要随你，我们男人到了四十岁还有大把对象可以挑，你们女人可就愈老愈没身价了，你好好想一想吧！"

回家的路上，彷徨的 A 女心烦意乱，便散步到住家附近的市场。市场入口处有一摊卖茶叶的摊贩，摊位上有三种相同包装的茶叶罐，价格却截然不同：最左边的茶叶一两标价三百元，中间的标价两千元，右边的茶叶却标价一万元。

"这三种茶叶为何价格差这么多？"一位顾客问。

"中间的茶叶是当季新采的茶叶，左边的则是快要过期的茶叶，新鲜货的价格当然比较高啰！"小贩回答。

"那右边的又是什么茶？一两竟要卖到一万？"

"那可是存放了十几年的陈年武夷茶，卖一万还算便宜哪！"

A 女好奇地问："这茶叶放了这么多年，怎么反倒卖得比新采的茶叶贵？"

"新采的茶叶虽然清新甘美，这种陈年茶却历经岁月的洗礼，喝起来滋味醇厚，余韵绕喉，更是珍贵啊！"

A 女听了若有所悟，仔细思考后终于豁然开朗，摆脱没人要的恐惧，回绝了男友不平等的求婚条件。

心灵小语

身边有许多未婚女性，在年过三十后都感受到巨大的年龄压力，甚至有朋友夸张地说："三十五岁以后，男人连话都懒得跟你讲！"

至今亚洲社会对于女性的年龄要求还是相当严厉，除了男人的幼齿迷思之外，女性高龄不易怀孕也是无可否认的事实，这些都造就社会对女人"年纪愈大，销路愈差"的观念。若为了符合社会的价值观，草率地将自己嫁掉，最后痛苦的终究只会是自己。

与其为了担心成了过期的滞销品而草率将自己贱卖，倒不如设法让自己愈老愈有身价，成为一个结不结婚都能自在快乐的女人！

AGEP

49 放下与放弃

永远不放弃自我，只要继续往前走，
就能走出活路来。

——法鼓山创办人 圣严法师

有个妇人的丈夫，从年轻时就好吃懒做又不顾家，到最后所有的生活重担都落在妇人身上，痛苦的妇人想离开这个让她失望透顶的丈夫，却迟迟下不了决心。于是她来到深山，拜访寺庙里的一位知名高僧，希望高僧能帮助她解开心中的疑惑。

高僧听完妇人诉苦后，微微地叹了一口气，然后说："放下吧！放下吧！"接着便转身离开。妇人听了高僧的话一脸茫然，回家的路上，她一直揣摩高僧说话的用意，最后她心想："师父的意思一定是要我放下对老公的埋怨，不要斤斤计较。”于是妇人放弃了离婚的念头，继续忍耐这段令她食之无味的婚姻。

又过了几年，丈夫不仅没有改善不负责的行径，反而变本加厉，染上了赌博的恶习，妇人对丈夫几乎忍无可忍，于是她再一次来到寺庙，希望高僧这次能给她不一样的答案。

然而高僧听了却只是诧异地看了她一眼，依旧摇摇头说：“施主难道还未放下吗？唉，放下吧！”然后拍拍妇人的肩膀，又转身离开了。妇人沮丧地心想：“大师的教导必然有他的道理，看来这就是我的命了！”就这样，妇人又度过了悲苦的几年。

若干年后的某天，妇人带着准备考高中的儿子，再次来到寺庙里祈求考运。高僧遇见妇人开口问道：“施主，都已经过了这么多年，想必您已经放下了吧？”妇人答道：“这些年来，我一直勉强维持婚姻，但始终无法放下心里的怨怼，只能过一天算一天罢了！”高僧闻言惊讶得睁大眼说：“难道施主还没离婚？”妇人更是惊讶，说：“师父一直让我放下对丈夫的不满，难道不是要我多忍耐、退让吗？”

高僧拍着自己的额头，懊恼地说：“看来是贫僧让施主误会我的意思了，我的确希望施主能舍下心头的埋怨，却不是要你一味的压抑自己去包容对方的过错。要你‘放下’的目的，是因为你必须先舍弃过去的包袱，停止无用的抱怨，才有足够的力量‘拿起’明日的挑战，重新振作展开新生活啊！”

心灵小语

最近和一位卡在婚姻困境的女子，谈到她那不快乐的婚姻生活，原来她结婚没多久就发现丈夫的种种问题，虽然这位女子很想离婚，但由于她出身自比较传统的家庭，周遭的亲友秉持“劝合不劝离”的观念，纷纷要她看淡，体谅老公的种种不是。

由于我某本书曾以“放下”为书名，她不解地问我：“放下到底是对，还是错？为何我老公才是犯错的人，却要我这个没做错的人去包容他？”

我如实说出我的看法：“琐事的确不必计较那么多，因为凡事计较，只会让自己气死，但大原则却不能马虎。”她继续质疑：“但放下的意思，不就是要我们别计较得失吗？”

我告诉她：“我想你误会了，放下绝不等于放弃，放弃是消极地不为明天打算，放下则是去除无益的烦恼，改为积极的作为。”

人生的光阴有限，唯有放下心中的不甘愿，放下那些不懂得珍惜你的人，你才能腾出空间迎接下一段幸福，不是吗?

50 差很大的情人

健康关系中的两人，是愿意无私付出的，而且彼此真诚，携手在心灵道路上稳定前进。

——美国心理治疗师和作家 夏绿蒂·凯瑟

女子最近陷入热恋中，只是这段恋情却被亲友一致反对，因为她的对象不论学识、工作、家庭背景等各方面条件都比她逊色许多。然而女子不顾家人的反对，仍然坚持："我爱的是他，不是他的学历与工作。"之后她更负气搬出家里，跟男友同居。

"我爸妈真的太迂腐了，都什么年代了，还在讲求门当户对。"女子跟好友抱怨。

好友却说：“或许他们有一定的道理，以后，你就会知道了。”女子听了也不以为意。然而随着交往时间一长，女子跟男友的争执却越来越多。

女子跟男友聊自己喜欢的书本电影，男友却冷着脸不发一语。

“怎么了？”女子不解地询问。

“你都讲一些我听不懂的事，根本是看不起我！”男友一脸疲惫地抱怨。

“你真的误会了。”女子费了九牛二虎之力解释，总算安抚了男友的情绪。

为了让男友有个舒适的家，女子用心学习料理，但男友吃着她精心烹调的菜肴却毫无赞美之意，女子忍不住问：“好吃吗？”

“还可以。”男友淡淡地说。

“我煮得很辛苦耶，你不夸奖我一下？”女子跟男友撒娇。

但男友却嘲讽：“做什么都要人家夸奖，好，你最优秀，你最棒！”

女子鼓励男友进修，以便另外找个较为稳定的工作，男友不但不领情，反而生气：“反正我就是不长进，谁叫你当初瞎了眼！”

女子满腹委屈地反驳：“我是为我们的将来打算，难道你不想多存点钱吗？”

“那你是嫌我赚的少啰？”于是两人又吵了起来。

日复一日的争吵让女子疲惫不堪，终于痛下决心和男友分手。她难过地向好友诉苦：“我舍弃世俗的条件选择爱情，也自认对他很好，但为何还是失败了？”

“正是因为你的好，才让这段感情失败。”好友语重心长说：“你男友由于各方面条件都不足，所以对自己缺乏自信，因此你愈好，反而愈衬托出他的缺陷，更容易造成他的自卑感。因此你无心说的话，在他听来都像是在攻击他的弱点。”

“所谓的门当户对，指的其实是价值观的问题，价值观不同，争吵机会自然增加，加上双方认知的落差，若再缺乏良好沟通，分手也就不足为奇了啊！”

心灵小语

所谓门当户对，在我看来更应该说是两人的思维、观念相近，如果双方环境差距过大，观念不同的机会自然增加。除此之外，世俗条件较差的那一方，更容易因比较或被比较而对自己失去自信，这样当然很难有健康的未来。

并非条件有所差异的爱情就一定不会幸福，而是需要付出更大的努力来调整彼此间的歧异。如果你与对方就是这种“差很大”的情侣档，其实也不用灰心，只是最好在婚前就和对方达成未来该如何协调的共识，以免婚后才后悔莫及！

51 破产的董事长

挫折是必然的，没有挫折就不是人生。

失败多了，表示眼界看得多了，也是一种成长。

——宏碁集团创办人 施振荣

股市一片大好，引得不少人争相投入，有间小工厂的厂长，眼看许多同业获利丰厚，便也试着拿出一些资本炒股票，果然获利不少。于是他决定乘胜追击，将所有的资金投入股市，没想到不多久却遇上金融风暴，结果不但惨赔，他的同行也无一幸免，甚至有人公司倒闭，欠下大笔债务。

厂长虽然保有一份工作，但多年储蓄化为乌有，亲友怕他来借贷，对他避之唯恐不及。抑郁的厂长吃不好睡不着，天天都想寻死的他，甚至连安眠药与木炭都买好了。

某天厂长到公园散步，一阵烤地瓜的香味传来，厂长走到摊贩前，赫然发现卖地瓜的小贩，正是当初某位呼风唤雨、意气风发的董事长。只见当年西装笔挺的董事长挥汗如雨，却一脸笑容地烤着地瓜，心情似乎完全不曾受到破产的影响。

厂长纳罕："你看起来心情不错，难道没有受到金融风暴的影响？"

董事长苦笑："我可是赔光了所有财产，连公司都停业了呢！不过现在我反而感谢这场让我失去一切的金融风暴！"

迎着厂长讶异的眼光，董事长笑笑解释："以前我虽然从股市赚了不少钱，但每天战战兢兢，无时无刻不盯着股票机，心情也随着股市的曲线起伏。自从在股市惨赔之后，我不再读财经消息，不再半夜起床去研究股票价位，整个人突然放松许多，居然不再失眠了。"

"就算你能接受破产的事实，可是，难道你不在乎别人轻视的眼光吗？"厂长好奇地问。

"刚开始我的确满怀怨愤，甚至恨透了这个人情苍凉的世界，但也因此我才发现，还是有少数朋友愿意对我伸出援手，妻子更是对我不离不弃。若不是因为这次的变故，我又怎能分办出哪些是真正的挚友，哪些只是想利用我的小人呢？"

回到家里，厂长将安眠药与木炭都扔了，并且重新调整自己的心境，更得到前所未有的平和与喜乐。

世上很少有人能一辈子一帆风顺，多数人都要面对生命中的起起伏伏，学会面对"失去"，更是一门重要的功课。

心灵小语

曾经跟一位出租车司机聊天，才知道他不仅拥有高学历，更曾担任高阶主管，只是公司经营不善，老板又逃跑，中年失业的他只好选择开出租车糊口。

我问："那你会想再回到过去的职场吗？"

他却说："有机会当然想，可是现在也不错，虽然收入减少，但时间自由，又能到处看看风景、交交朋友，人生就是这样，比上不足，比下有余啦！"顿时让我很是钦佩这位敬业又乐观的司机大哥。

即使不断缅怀，已经失去的一切也不会重新回来，既然如此，我们何不勇敢跟过去告别，珍惜当下拥有的呢？

52 等待花开的摊贩

只有去做，你的心才会热起来。

因此，开始去做吧，剩下的事自然会完成！

——德国文豪 歌德

有个老人很晚才生子，妻子又早已撒手人寰，好在独子孝顺又听话，老人尽力栽培儿子，儿子也不负父亲期望，努力考上银行职位，在公司很受长官器重，老人更以这个孝顺又懂事的儿子为傲。

谁知道，某天老人的儿子任职的银行遭到抢匪打劫，儿子更不幸因此丧生，虽然领到大笔补偿金，但伤心的老人依旧陷入痛苦的深渊，他终日以泪洗面，过着行尸走肉般的生活。直到儿子生日，才决定出门到市场走走，买些儿子生前喜欢的食品到坟墓祭拜。

老人正准备从市场离开时，却发现有个卖花的摊贩正在照顾一棵枯死的盆栽，摊贩先是小心翼翼地摘下盆栽上的枯叶和干茎，又仔细地将盆栽的根挖出，移植到另一个花盆。

老人看了忍不住上前攀谈：“你为什么要浪费时间照顾一棵已经死掉的植物？这样不是毫无意义吗？”摊贩笑笑回答：“您眼光不准，它可还没死！”

老人拿起盆栽左看看右看看：“我也有不少莳花种草的经验，你这株盆栽，我不论怎么看都已经枯了。”

“的确这盆栽已经死了大半截，可是您看，”摊贩指着盆栽背后，一片极微小的绿叶，“这里还有一片刚冒芽的小叶子，如果我好好照顾，说不定它还能生存下来呢！”

老人不以为然地说：“主干都死了大半了，它活着还有什么用处？”

“只要能留住这一点绿芽，就有机会开得了花，重新茂盛起来。如果我将它扔了，那就连这一点希望都没有，而且就算主干枯了，谁说不能长出新的枝干呢？”

老人回家后想了很久，决定投入义工活动，从中得到许多人的感谢和友谊，也找到新的人生方向。

心灵小语

有个急诊室的医师每天面对生老病死的压力，但他依旧保持笑脸迎人、乐观自在的模样。

有人问他：“你每天看到那么多人在你面前死去，难道不觉得痛苦吗？”

这位医师回答：“刚开始难免沮丧，尤其是当无法救活病人时，对自己的无能为力更是生气。但后来我理解了一个道理：要从生命中获得，先要学会面对生命中的失去，如果我沉溺在病人死亡的哀伤中，又怎能打起精神，救治其他需要我的病人呢？”

生活的道路不可能永远是坦途，必然会遇到无数令人无奈的困境。沉溺在绝望中自怨自艾很容易，但却无法解决问题，唯有将苦痛转化为力量，才会对我们有所帮助，也正是这些生命中的苦痛让我们更为智慧、圆融，自己内在的境界才能更上层楼！

53 看不见的那道伤痕

冷漠与忽视，

往往比明白地厌恶造成更多的伤害。

——英国知名作家J·K·罗琳

有个女子，平时就很爱数落她的丈夫，且经常打断他的话头，自顾自地讲个没完没了。

某天女子的表妹邀请女子一家人参加她的生日派对，派对结束后，大家拿出手机交换彼此的号码，表妹一看到女子的手机就叫起来："哎哟，表姐，你怎么还在用这种老古董手机啊！"接着表妹将炮火对准女子的丈夫："姐夫你也太不体贴了，你应该帮她换部智能手机，慰劳她的辛劳才对啊！"

丈夫红了脸，辩道："你表姐是家庭主妇，用什么智能手机？""姐夫你太自私了，家庭主妇也要跟上时代啊。"表妹理直气壮地说。"你姐夫就是这样，不会替人想。"女子也跟着附和。

回到家后，当着六岁儿子的面，丈夫气冲冲对妻子说：“看来你平常在娘家诉了不少苦啊！”

“我可没回家说什么，但钱不够用也是事实，你老是一副无关紧要的模样，小孩越来越大……”妻子打断丈夫，滔滔不绝讲个没完。丈夫却走进房间，砰一声躺到床上，再也不理会她。

从此之后，丈夫对妻子的态度总是冷冰冰的，当妻子想跟他说个明白时，丈夫就躺到床上“睡遁”，理都不理，让妻子连吵都吵不起来。最后，生气的妻子决定以同样的态度回敬丈夫，夫妻彼此相敬如冰，非必要从不交谈，让家中弥漫着一股诡异的气氛。

就这样过了将近一年，某天晚餐时间，妻子呼唤正在看电视的儿子：“吃饭了！”儿子却一动也不动，愣愣地瞪着电视发呆。丈夫也跟着唤道：“吃饭了，快把电视关掉！”然而儿子还是呆呆的没有反应。

丈夫见状不禁有些生气，便走到儿子面前准备开骂，这才发现儿子根本没有在看电视，而是目光涣散地看着前方。着急的夫妻将孩子带去看医生，原来活泼开朗的儿子，因为父母不和的关系，竟得了儿童忧郁症。

“虽然我跟妻子感情失和，但为了怕影响孩子，所以我们从来不跟彼此争吵，怎么还会伤害孩子，让他得了忧郁症呢？”丈夫怀疑地说。

医生语重心长回答：“看不见的伤痕，反而造成更大的伤害啊！”

心灵小语

已经有医学报告指出，冷暴力带来的痛苦并不亚于动手动脚，对于处在冷暴力家庭的孩子而言，造成的伤害更是难以计算。

采取冷暴力来处理问题固然不对，但如果一方常用“沉默”来对抗，通常代表对方觉得跟你争吵也无用，干脆直接放弃沟通。这时我们不妨检讨一下，是否平时与对方谈话的模式出了问题，试着找回沟通的管道，也许还能消融感情的坚冰，再度找回家庭的和乐。

54 逼女儿结婚的母亲

切记，你的生命是特别的。不管你的事业成功与否，不管你的婚姻幸福或单身一人，你都是世界上独一无二的宝贵生命。

——知名生死学大师 伊丽莎白·库伯勒·罗斯

有个妇人的女儿已过适婚年龄却迟迟遇不到对象，虽然女儿工作颇有成就，也觉得单身生活十分自在，但妇人却认为女儿这样下去不是办法。于是心急的妇人便来到月下老人的庙里，希望月下老人能让女儿的姻缘早点出现。

妇人虔诚地跪在神像面前，开口祈求："月下老人，请您帮助我，让我女儿的姻缘早点来吧！"然而当她掷筊时，无论怎么努力，却一直掷不出象征被神明认同的圣筊。伤心又失望的妇人不肯放弃，便说："就算您不愿意，我也会天天来，直到您肯答应为止！"

当天晚上睡觉时，妇人做了一个梦，梦中来到一座华美的宫殿，月下老人正在宫殿门口等她，并一脸慈悲地告诉她："其实你女儿原本是有姻缘的，但是她这辈子的婚姻路太坎坷了，我不忍心让她受苦，才会屡屡斩断她的缘分。"

妇人生气地说："女人结婚生子才算是圆满的人生，即使是不圆满的婚姻也好过孤独终老，您没有资格为我女儿决定未来，请立即将姻缘还给她！"月下老人叹了一口气，挥了挥手。

不久后女儿在工作场合认识一名富商，富商对女儿展开热烈的追求，妇人更是满心欢喜，虽然女儿对富商并没有好感，但妇人认为机会难得，便强迫不情愿的女儿与富商结婚。

刚开始女儿过得还算幸福，婚后不久就怀孕了，但孩子生下来后富商就开始外遇，对象居然还是自己公司的会计。不堪受辱的女儿吵到公司去，被富商二话不说赶出来。之后富商不但外遇频频，对女儿跟孩子更动辄打骂。

对婚姻失望透顶的女儿对母亲说："妈，要不是您，我也不会这么不快乐，这一切都是您造成的，我恨您！"

"妈妈是为了你好，我也不愿这样啊！"妇人哭着说，这时她从梦中惊醒，才发现刚才的一切都只是南柯一梦。

从此妇人再也不强逼女儿结婚，更常说："只要孩子快乐，结不结婚其实都是其次啊！"

心灵小语

本以为这个年代已经很少有长辈会认为儿女不结婚是件丢脸的事，谁知道最近却听说有个女子因为年近四十尚未结婚，在年夜饭的餐桌上被指责“嫁不出去，害父母很没面子。”让她非常伤心，欢乐的年夜饭也跟着走味。

有些长辈因为传统的观念作祟，认为必须结婚，终生才有依靠。然而婚姻早就不一定是幸福的必需品，就算结了婚，谁又能保证一定不会离婚呢?

每个人需求不同，结婚或单身没有对错，端看个人要的是什么，如果真的没有遇到适合的对象，与其勉强套入婚姻，其实不如保持一个人的自在。

让长辈放心，相信我们的选择的最好方式，便是好好照顾自己，不论单身或结婚都活得快乐，也唯有先令自己幸福，才能真正找到幸福。

55 被白蚁蛀掉的爱

开始爱自己吧，如果你不爱自己，那么谁来爱你？但是要记住，倘若你只爱自己，你的爱会是非常贫瘠的。

——印度灵修大师 奥修

自从丈夫失业后，女子的生活就陷入愁云惨雾中，理由不只是经济开始拮据，更重要的是随着时间流逝，丈夫却一直找不到理想的工作。一向好强的他无法接受这个打击，个性变得越来越消沉，说起话来也分外尖酸刻薄。

女子能理解丈夫怀才不遇的痛苦，也认为只要耐心安抚、鼓励他，迟早丈夫会重新出发。于是她默默承担了所有的压力，不仅一肩扛起养家的担子，也从不逼丈夫找工作，还叮咛交代身旁的亲朋好友，绝对不要和丈夫谈到“就业”、“金钱”方面的话题。

但丈夫对女子的用心良苦并不领情，他不但没有积极振作，反而不可自拔迷上网络游戏。过去重视形象的丈夫变得蓬头垢面，从早到晚坐在计算机前，生活的开销全向女子伸手。只要她一开口劝导，他不是一语不发，就是冷冷地说："反正你就是看不起我，没什么好说的。"

时间一天天过去，女子的忍耐也渐渐到了极限。某天她终于忍不住和丈夫吵了起来："你不是找不到工作，而是根本不想找，就打算这样直接将养家的责任丢到我头上，实在太自私了！"丈夫在恼羞成怒的情况下，竟然动手打了她一顿，接着抢了她的钱包便夺门而出。自此之后丈夫便经常借机对她暴力相向，女子实在不敢相信"家暴"竟然会发生在她身上。

女子伤心欲绝，不明白丈夫为何会变得如此判若两人，某天她漫无目的地走在街头，茫然地想着下一步该何去何从。

走着走着，她遇上一户正在搬家的人家，卡车上已经堆满了各式家具，但却还有一个老旧不堪的木柜摆在路旁，怎么也搬不上车。

"那木柜被白蚁啃咬，里面被白蚁筑巢，早就不堪使用了，为何你就是不肯扔呢？"准备搬家的屋主对妻子抱怨，妻子却苦恼地回答："虽然它已不能用，却伴随许多回忆在里头，我实在舍不得啊！"

"如果不肯抛掉它，只会将白蚁的卵带到新居，造成更大的损失，你又何苦勉强呢？"屋主劝着妻子，"再说，如果让其他的家具因为它的缘故而跟着被蛀蚀，反而会破坏你对它原本的美好回忆啊！"

在一旁的女子听了对话后心有所感："如果再这样下去，我不但帮不了丈夫，自己的人生也会跟着被拖垮啊！"

心灵小语

夫妻之间本应同舟共济，但若是有一方不但不肯为家庭付出，反而做出伤害家人的事时，忍痛放下这段关系，其实是个正确的抉择。

与颓废、消极度日的人在一起，迟早只会让自己的人生跟着被拖垮。毕竟经营感情就像跳探戈，如果对方不愿合作，频频踩疼你的脚，那么即便你舞技再高超，也无法将舞步跳得圆满。

我们不需在爱情中扮演救世主，因为唯有先让自己幸福，我们才有能力让周遭的人过得幸福！

56 为何不将鸟关进鸟笼

当我们认识到本身的重要，自爱和自尊就会油然而生，所有事物因你而起，因为你才能把这些给予别人。

——美国教育家和演说家 利奥·巴士卡力

一名贵妇的丈夫外遇，跟情妇在外面租了房子，还对她提出离婚的要求，但贵妇一口回绝，并且每天打电话到丈夫的办公室吵闹，与新欢吵成一团，还找到一位法力高强的道士，请道士帮她作法。

道士先是掐指一算，便皱眉说道："不好，你丈夫遇到的这个女人不简单，看来她可能请来狐仙护持，迷惑你的丈夫。"就这样贵妇听从道士建议，不断地花钱超度狐仙，开坛作法。这时贵妇往日的仪态早已荡然无存，身边的亲友都劝她别再执迷不悟，不如早早签字离婚展开新生活，但她却听不进去。

某天贵妇到朋友家拜访，看见朋友家养了两只宠物：一只画眉鸟，一只乌龟。但奇怪的是朋友没把画眉鸟关进笼子里，放着它四处乱飞，却反而将乌龟给关进笼子里。

贵妇好奇地问朋友："你怎么不把鸟关到笼子里，难道不怕它飞走吗？""这我一点也不担心！"朋友笑着说："有次我忘了关窗户，结果它不但没有飞出去，竟然还站在窗户旁叫唤，提醒我要关窗呢！"

朋友指了指笼子里的乌龟，接着说："反而是这只乌龟，虽然爬得很慢，却只要一有机会就想着要往外跑，我只好将它关进笼子里。"

"怎么会有这么大的差别呢？"贵妇不解地问，朋友回答："这只画眉鸟我从小养到大，跟我感情深厚，即使有机会往外飞也不愿离开；相反地，这只乌龟则是别人寄放的，跟我没什么感情，它自然时时刻刻想离开。"

贵妇听了，低头沉思了许久，终于豁然开朗："即使我真的绑住了丈夫，但留不住他的心也是徒劳，只徒然让自己陷入痛苦的漩涡无法自拔！"最后贵妇放手签字让丈夫离去，也让自己重获新生。

心灵小语

“爱是拥有，不是占有”的道理虽然每个人都朗朗上口，却并非能轻易做到。

最近在网络上看到一篇文章，某位女网友的男友另结新欢，而且还跟新欢有了孩子，男方更表明不可能跟新欢分手。这位女网友却不愿意就此放弃，宁可拖 天算 天，继续跟这男人耗在一起，目的是不想成全这对“狗男女”，让大家都得不到快乐。

虽然有不少网友劝她放手，但她却说：“你们不是我，大道理知道归知道，但做不做得到又是一回事！”

然而真正爱你的人，根本不需要你紧紧看守着，不是真心喜欢你的人，即使紧紧握在手中，也迟早会溜走。

爱情就像不可捉摸的风，再不甘心，再无奈愤怨，不属于你的终究留不住，苦苦挣扎也只是加深自己受伤的程度。既然如此，何不给自己另寻幸福的机会？也许真正爱你的人正在前方等着你呢！

57 只有假期才拥有的恋人

感情，经得起激烈的争执，
却不能容忍冰冷的漠然。
——苏格兰诗人 华特·史考特

他们在一次旅行中认识彼此，由于聊得十分投机，且男方在旅行途中又百般呵护女方，于是爱神就这样自然而然来了。

但不晓得为什么，回国后没多久男友突然开始变得冷淡，主动打电话的次数锐减，简讯爱回不回，对于女子的邀约也常以抽不出时间回绝，即使两人联络上了，男友的态度也总是爱理不理。

女友忍不住问：“为什么我和你说话时，你总是有一搭没一搭地回答，是不是已经不在乎我了？”

“你不要胡思乱想，我的工作本来就很忙，再说我们既是远距离恋爱，生活圈也不同，缺乏话题也是正常的。”男友淡淡地说。女子认为男友说得也有道理，便不再多做猜想，她撒娇地向男友说：“既然生活圈不同，那以后我会努力找话题，让我们的感情更甜蜜！”

女子花尽心思拉近与男友的距离，每天上网找一些能引起男友共鸣的有趣新闻或图片，还在博客写生活日记，向男友报告生活中的点点滴滴。

刚开始男友还有些回应，久而久之又恢复成原先爱理不理的模样，部落格成了女子唱独角戏的舞台；对女友传来的简讯，男友不是隔天才回，就是只回复只字词组了事。

就在女子对这段感情心灰意冷的时候，男友却突然写了一封信告诉她：他即将有一周的连续假期，约女子一起共度。

女子看到信件当然开心，她歉疚地想：“过去都是我太小心眼，看，他一有空时不就马上想到我了吗？”然后欢天喜地地迎接男友到来。这次见面，男友又恢复成当初认识时那副浪漫体贴的模样，两人就这样浓情蜜意过了一个礼拜。

然而等到假期结束后，男友竟又恢复成冷冷淡淡的模样，电话爱接不接，写去的邮件没有下文，前后简直判若两人。女子实在不明白怎么会有这样大的落差，为何男友平常像陌生人，只有假期才会变回那个爱她的人呢？

心灵小语

最近朋友告诉我她的烦恼，也就是上面这篇故事。她百思不得其解男友的态度，觉得自己卡在十字路口，进退不得，问我该不该继续这段雾里看花的恋爱。

虽然不知她男友的态度为何有如此大的差异（但我猜测，很可能对方在居住地有另一个“她”存在，也或许她男友把这段感情当成是一段假日之恋，并没有长久的打算。）然而朋友在这段情感中已经丧失发球权却是事实。她的情绪被男友牵着鼻子走，对方冷淡，她就惶惶不可终日，对她略有好脸色，她就兴奋雀跃。这样把主控权全都操之在他人手中的感情，其实很累。

在爱情中，我们很难去掌握对方的想法，他／她是否有一天会变心，是否会认真投入这段感情，这些都是我们很难去掌控的课题。但我们也有选择权，我们能掌握的，就是自己要不要接受这样的对待。

你可以把心的钥匙交给对方，继续过着困在茧中的日子，至于值不值得，只能由自己心中的那把尺衡量。然而你也可以收回钥匙，将它交给其他更懂得珍惜的人！

58 万事只因不放心

在你出生前，父母并不像现在这么乏味，他们之所以如此，是因为他们一直在支付你的账单，清洗你的衣服，听你说你自己有多酷。

——微软创办人 比尔·盖茨

“你要跟他结婚，除非等我死！”女子的父亲气冲冲丢下这句话就走进书房，“砰”的一声甩上房门。

“我爸说什么都不同意我们的婚事，我妈也不赞成！”女子沮丧地告诉男友，男友一脸忿忿不平：“我家虽然不如你家富有，但好歹也算是小康，你爸未免太瞧不起人了！”

原来女子的父亲是城里有名的富豪，而她的男友却只是来自一般家庭，女子的父亲认为“门不当，户不对”，更无法接受女儿“低嫁”到家世不如娘家的夫家，虽然女子和男友认定彼此，但婚事却始终无法得到父亲的认可。

为了打开未来岳父的心结，男友决定亲自上门拜访女友的双亲，他极力说服道：“虽然我们家的确不比府上富有，但衣食无缺却绝对没有问题。我保证，这辈子我都会好好照顾她，也会更加努力打拼事业，请您答应我们的婚事！”

“爸爸，他真的对我很好，求求您就答应吧！”女友也流着眼泪哀求。

“哼！”女友父亲从鼻子发出不屑的声音，“凭你的本事能给我女儿什么幸福？对你们的婚事我只有两个字：休想！”接着转头对女儿说，“你要是敢嫁给他，我就当没你这个女儿。”

“年轻人要脚踏实地，别一心妄想攀龙附凤。”女友的妈边冷笑边从沙发上起身，示意送客。

男子的双亲听说整件事以后更是生气：“这门亲事就作罢，省得人家说我们家高攀！”

经过好几次的拜访，两人始终无法说服彼此的双亲，女子和男友痛苦不已，最后只好向素来很有智慧的大伯求助。

听完来龙去脉后，大伯询问：“你们觉得为何父母会如此反对这桩婚事呢？”

“因为门户的差异吧。”男子说。

“乍看之下是这样没错，其实说穿真正的原因，不过是

‘不放心’罢了。”大伯喝了一口茶，接着说：“女方的父母担心女儿不适应环境的改变，将来会吃苦，更担心你跟她交往是别有用心。而男方的父母则担忧以后被富贵的亲家看低，更怕未来媳妇的骄气。”

“您说的没错，那我们到底该怎么说服爸妈呢？”

大伯笑了笑：“什么都别说。”

两人惊讶得睁大了眼，大伯继续说：“什么都别说，但要持续地做，只要让时间证明你们真的能给彼此幸福，到时一切自然水到渠成。”

两人果真不再尝试和彼此的父母争辩，男子更专注在事业上努力，而女子更常常抽空关怀男友的双亲。数年后男子果真闯出一番天下，并顺利得到双方家长的祝福，如愿踏上结婚礼堂。

心灵小语

有时长辈经常会坚持一些在年轻人看来十分迂腐的想法，例如门当户对、八字相克、良辰吉日等等。许多观念难免跟现代自由开放的看法冲突，但仔细一想，长辈的坚持不外乎是来自于“不放心”。

我们不需要跟长辈争执辩论，伤了和气，最好的方法就是让时间证明你的抉择，只要真金不怕火炼，又何必急在一时之间得到认可呢?

59 当男友变成机器人

真正的发现之旅，

不在于寻找新天地，而在于拥有新的眼光。

——法国作家 普鲁斯特

有个极为富有的女子在跟男友大吵一架后分手，经历感情创伤后，女子突发奇想："如果能有个机器男友该多好啊！这样我不但不用担心他背叛变心，而且他肯定会对我百依百顺，这样我们之间再也不会有争执。"

于是女子便到处寻找先进的科技公司，希望他们能为她生产一名"机器男友"。刚好日本有一间研究中心对女子的想法很感兴趣，经过数年的开发后，世界上第一个机器男友终于诞生。

女子喜滋滋地将机器男友带回家。男友果真不错，打扫煮饭样样都难不倒，要他管接管送、整夜帮忙按摩也毫无怨言。而且不管她穿得多邋遢、说话态度多恶劣，或者又发胖好几公斤，机器男友从没有一句埋怨，更重要的是男友将女子的要求奉为圣旨，吵架争执之类的事当然也从未发生过。

起初，女子对男友满意极了，她变得足不出户，天天和男友窝在两人世界里；但一年之后，女子却打电话给研究中心，希望他们回收机器男友。

“我们自认这项产品非常完美，而且您不是对‘它’很满意吗？为何要我们回收呢？”研究员惊讶地问。

原来不管女子温柔也好，生气也罢，机器男友对她的态度始终如一，每天按照固定的时间做固定的事，事事都依她的意见，凡事都被动地等着她的指令，询问它的见解时也只是耸耸肩，说：“只要你高兴就好。”

“但这正是您当初所想要的，事事以您为主，也不会与您争辩的男友啊！”研究员说。

“刚开始我的确觉得有个对我唯命是从的听话男友很不错，但是慢慢地我愈来愈感到这样的生活乏味无趣，因为这根本不是恋爱，只不过是主仆关系罢了！”女子叙述完后，笑着说，“有风浪也有惊喜，能肯定对方的优点，提醒对方的缺点，并且互相学习与成长，才是爱情应该有的醍醐味啊！”

心灵小语

最近有个单身许久的男性友人叫我为他介绍女友，我问他："那么你喜欢什么类型的女孩子呢？"

友人想了想，回答："只要听话乖巧温顺，不要批评我，不要对我的决定有意见，还有不要跟我顶嘴吵架就好，因为我最讨厌的就是那种有太多主见的新女性！"

"我想你要找的应该不是情人，而是佣人吧！"我忍不住说，"只有佣人才会对主人唯命是从，如果你们彼此的关系是对等的，为何她不能提出自己的看法呢？"

人与人相处难免会碰到意见不同的时刻，如果是一般的朋友、同事关系，或许我们还会为了怕伤害交情而压抑自己的看法，但关系紧密的人之间因为少了这层顾忌，反而更容易吵架。

只要不是恶意的人身攻击，其实吵架也是一种增进彼此了解的磨合过程。再说如果不去学着面对争议，只是一味要求对方顺从自己，未来又要如何应付生活里的随机考题呢？

60 为何旧不如新

不再成长，就会倒退。让感情关系充满活力，
就是探索我们之间：有没有游戏、欢乐的能力？
愿不愿意尝新探险？
是否为我们的关系创造新语言？
——美国心理治疗师和作家 夏绿蒂·凯瑟

某位厨师的手艺远近驰名，甚至曾被某国总理礼聘为国宴主厨，这位厨师最拿手的一道料理就是他独创的“梅花飞雪”，这道菜既好吃又兼具美观的艺术性，更连续十年蝉联美食评鉴杂志“十大不可不吃的料理”第一名。

然而从去年开始，梅花飞雪却失去第一名的宝座，夺走冠军宝座的是另一名刚从国外修业归来的厨师，这位厨师研发出一道名叫“火烧蚂蚁”的创新料理，用的食材居然真的就是人工养殖的蚂蚁，而美食杂志给新冠军的评价则是“令人耳目一新的料理”。

今年更惨了，梅花飞雪竟然再度失去冠军，更一路下滑到第八名，火烧蚂蚁则继续拿到第一。厨师嘴上虽谦逊地说："该是时候给年轻人机会了。"心中却实在不服气，因为无论他如何客观评价，火烧蚂蚁除了新奇特别些之外，其他不论是口感、外观，都远远不如梅花飞雪。因此厨师对美食杂志的评审起了疑心，认为他们的评鉴缺乏公正。

厨师特地派人弄到火烧蚂蚁，并将火烧蚂蚁与自己的梅花飞雪一并交给一位他很信任的美食家品尝，想证明自己的怀疑。

美食家先是尝了尝梅花飞雪，然后又拿起筷子，细细咀嚼火烧蚂蚁。

"如何？"厨师战战兢兢开口问道，美食家点点头："你的菜还是和以往一样好吃，没什么问题。"美食家接着又说："不管是色香味，梅花飞雪都比火烧蚂蚁高出一等。"

"果真如我所料，评鉴的结果并不公正，这些评审肯定是收了贿赂，我要向他们提出严正的抗议！"厨师气愤地说。

"不，虽然火烧蚂蚁的味道的确不如梅花飞雪，但评鉴的结果却是公正的，换做是我，也会将第一名投给火烧蚂蚁。"

厨师不服气地睁大双眼："这是为什么？"

"你想一想，梅花飞雪再好，评审们也吃了十年，当你的食材、调味、摆盘都在预料之中，还能给评审多少新鲜感？"

"相反地，火烧蚂蚁虽然味道不如你，却大胆启用崭新的食材与调味，对评审来说自然充满惊喜，会给出高评价也是理所当然的啊！"

心灵小语

前同事的丈夫最近传出外遇，还向妻子提出离婚的要求。最令我们不解的是他外遇的对象不论相貌、学历等各方面的条件都远不如原配，不但曾坐过牢、离过婚，甚至听说还常动不动就向男方发脾气。

虽说“真爱无条件”，但在世俗的眼光看来，男方的选择不免让人感到奇怪。换个角度想，也许正是落差过大的新鲜感作祟，才让男方有了这样的决定。人是需要新鲜感的动物，也因此感情才会有所谓“热恋期”，当我们对彼此处处感到新奇时，很容易就会忽略对方的缺点，等到双方开始渐渐熟悉之后，又很容易对对方的付出视而不见。

当我们已经处在一段稳定的关系中时，偶尔也需要试着唤回彼此的新鲜感，不管是独自去旅行、尝试完全不同的造型或说话态度都可以，千万不要用“老夫老妻”当借口，将爱情当成例行公事经营，为他人制造趁虚而入的机会！

61 姐弟恋行不行

果园中的树……

因你的施与而繁茂，因你的荒废而枯萎。

——黎巴嫩诗人 纪伯伦

单身许久的女子，最近终于碰到一个令她心动的对象，对方对她也颇具好感，两人经常相约出游，暧昧的情愫渐渐升高，但女子却始终拿不定主意，要不要就此往下发展，只因这是一段相差八岁的姐弟恋。

女子虽然很想接受这段感情，但许多的顾忌却让她举棋不定。她害怕别人会对女大男小的恋情投以异样的眼光，更担心等自己将来年华老去，美貌不再后，男方会变心投向年轻女孩的怀抱。除此之外，她更害怕他只不过是因为想要倚赖或得到照顾，才会想跟“大姐姐”在一起。于是她上网四处搜寻别人的经验，想知道究竟该不该开始这段感情。

然而搜寻的结果却让女子更加茫然，有些人的恋情很幸福，最后也与年轻男友顺利步入礼堂，但有些人却遇到种种的困难，最终黯然以分手收场。众说纷纭的结果，让女子更加心烦意乱，她干脆关上计算机，走到家中附近的一间美发院洗头，想舒缓一下纷乱的心思。

就在助理一边为她洗头的时候，女子看见隔壁一位长发的客人拿着发型杂志，正在跟设计师讨论："夏天快到了，今年又流行短发，这款短发造型我真的很喜欢，很想把头发剪掉，又怕剪短后会后悔！"

"既然怕后悔，那就不要剪吧！"设计师笑笑地说，但那位客人却摇摇头："可是长发实在很难打理，尤其大热天，看见人人都剪了一头清爽亮丽的短发，只有我还留着一头累赘的长发，一定会很懊恼！依你看我该怎么办？究竟是剪，还是不要剪？"

"这可真是伤脑筋，让我好好想一想。"设计师低头沉思了一会，突然双手一拍："我知道了！"

"长短发各有各的好处，但相对地也都有需要特别去打理的地方。"设计师笑道："我认为你选择的这个短发造型的确很适合你，只是你必须做好心理调适，去适应剪短后的差别。不过既然不管剪与不剪，你都可能后悔，那何不大胆尝试一次呢？反正头发短了还会再长。"

设计师的话让女子若有所感："不论哪种恋情都会遇到各自的障碍，姐弟恋当然也不例外。重要的是，我是否对这段感情、这个人有信心，又是否觉得他值得我去克服这些障碍啊！"

心灵小语

最近有位朋友告诉我，他很想交个年纪比他大的女友，好奇之下，我不禁问他原因，他的理由竟然是："交个大姐姐女友不但个性跟经济独立，包容力也比较强，不会像小女生一样爱依赖，甚至还能反过来照顾我，何乐而不为？"

朋友的说法我实在无法认同，便不客气地对他说："你想找的其实不是爱情，而是方便吧！"

女大男小的恋情越来越常见，只要两人都有共识，并且真心诚意交往，姐弟恋其实没有所谓行不行。但人与人之间的关系本就应该"互相"才能走得长久，不能因为某一方较为年长、成熟，就理所当然地认为对方应该付出较多；更不该为了"方便"、"好处"等理由去谈恋爱，因为不管年纪大小，每个人都想在爱中得到扶持与呵护。

62 心灵的留白

最严重的寂寞，

是无法与你自己安然相处。

——美国作家 马克·吐温

最近婆婆发现媳妇每天下午总会找点借口出门，有时冰箱明明还有一堆菜，媳妇却说要上菜市场，或者民生用品还没用完，媳妇却会以买家用品为由外出，而且一去就是一个多小时。种种迹象让婆婆怀疑媳妇有了外遇，便将此事告诉儿子。

丈夫并不认为一向娴淑的妻子会搞外遇，但心中不免半信半疑，于是某日他特地请了一天的假，打算跟踪妻子，看看她究竟葫芦里卖什么药。

丈夫躲在家门外的转角许久，好不容易才等到妻子拎着大大的购物袋走了出来。只见妻子从离开家门的那一刻起，脸上便流露出淡淡的笑容，脚步似乎也显得分外轻松，与平常文静寡言的模样大不相同。

丈夫一边尾随妻子，一边纳罕地心想：“难道她真的有了外遇？因为要和心爱的男人幽会，心情才会这么好。”

没想到妻子走着走着，竟然来到离家有点距离的某座公园，只见妻子熟悉地找到某个幽静的位置坐了下来，接着从购物袋当中拿出小说与零食，就这么津津有味地一面看书，一面吃零食。直到大约一个小时之后，妻子才依依不舍地合上书本，慢慢走回家。

丈夫实在不解妻子的所作所为，第二天他又照样跟着妻子，但妻子依旧来到昨天的公园，然后重复和昨天一模一样的动作。就这样跟了一个礼拜，丈夫终于可以确定妻子并没有外遇，每天千方百计找借口外出，只不过是为了到公园看书罢了。

最后丈夫再也忍不住，便将自己跟踪的经过一五一十向妻子坦白，并问道：“你为何要每天到公园看书、吃零食？这些事在家里就能做了，何必大老远跑去外头呢？”

妻子听完丈夫的跟踪行径后感到又好气又好笑，便耐心地解释：“重点不在于我做什么事，而在于拥有专属我一个人的时光！”

“每天我总有忙不完的家事，就算闲了下来，想到婆婆和孩子会看见自己懒散的模样，我就无法好好放松，就算没事也要找点事来做。”妻子说，“唯有在公园这一个小时，我能不用顾忌‘好媳妇’、‘好妈妈’这个形象，可以自由自在享有一小段心灵的休息时光啊！”

心灵小语

某位已婚的朋友自从结婚后再也不曾和朋友聚会，原因是她平常工作忙碌，下班后又要忙着顾小孩。原以为到了周末假日，她能将孩子暂时交给老公，享受一下自由；没想到到了假日，婆婆却要求她做家事、煮饭，晚上还得陪公婆去大小姑家串门子。

我听了以后实在觉得她很像一个辛苦的陀螺，每天为家人及生活打转，却忘了留一点时间给自己。

即使每天生活再忙，也不妨试着抽出十分钟，将这一小段的时间留白，不管是随心所欲地听听音乐或发发呆也好，或许你会发现适度的空白不仅能沉淀内心，更能提供能量，让我们走更长远的路。

63 选择美丽不如选择自在

幸福有两种：一种是相对的比较，这种物质情感的幸福感短暂不持久，二是不要比较，去除自我中心，才是真正幸福。

——电影演员 李连杰

有个青年省吃俭用，辛苦工作，逐渐累积了一笔资金，于是他将这笔钱拿来创业，开设了一间小小的咖啡厅，并且请了一位女店员来共同打理店面。

女店员很欣赏青年白手起家的干劲，便决心帮助他成功。她不但帮青年顾店，还花很多心思去研发菜色、分析食材的成本，简直比青年自己还努力，很快就成为青年不可或缺的左右手；餐厅的生意也蒸蒸日上，不到几年的时间就开了好几间连锁店，青年也由于跃升为实业家，认识了一帮有钱的朋友。

朝夕相处让女子对青年渐渐产生了好感，某天她终于鼓起勇气向青年倾诉自己的爱慕之情，青年也觉得和她相处起来很契合，便打算答应女孩的告白。

没想到青年把自己的想法告诉朋友，朋友却极力劝阻：“你是不是脑子有问题啊？凭你现在的条件，要什么女人没有？居然想跟那种恐龙妹交往？”

“虽然她长得不怎么样，但是我们很谈得来，而且我能有今天的成果，也是多亏她帮忙。”青年辩驳道。

“帮她加薪不就得了，难道你还打算以身相许吗？再说，我们这个圈子里每个人的女朋友都是美女，你要是跟那种丑女人交往，不但会被人笑掉大牙，连我们也跟着丢脸！”

友人的话，让青年对与女子交往之事打了退堂鼓，就婉拒了她的告白。知道真相后的女子黯然神伤辞去工作，而青年也没有多加挽留，就这样让她离开。

“走了也好，省得纠缠不清，兄弟我一定帮你介绍几个正妹。”朋友果然帮青年介绍了好几位漂亮的女孩，其中一位美女更主动向青年示好，在朋友的撮合下，青年便和美女展开交往。每当青年带着女友外出，别人投来的羡慕眼光也的确让他内心飘飘然。

然而热恋期过后，青年却渐渐发现女友关心的话题，永远只有美容时尚与吃喝玩乐，两人不但无法谈心，连谈普通的话题都搭不上茬。当时间一天天过去，青年不禁怀念起过去和女店员有说有笑的日子。

某天青年偶然在路上遇见女店员，正想过去打招呼时，却发现她身旁多了一位男友，而且对方还是知名企业的老板。

寒暄一番后，趁女店员离开的空档，青年不禁问她的男友："以你的条件要什么女人没有，为何偏偏选上外表毫不起眼的她呢？"

"当然是因为我喜欢她的人品，以及与她相处的感觉呀！"

"但你不担心亲友会对她的外型品头论足，说她根本配不上你吗？"

"一点也不会，因为恋爱是我跟她的事，我觉得她顺眼才是最重要的。"对方大笑着说，"再说那种肤浅的朋友，我又何须在乎他们的眼光呢？"

青年听了，悔之莫及，懊恼自己过去的不成熟。

心灵小语

我曾认识一个男子，交女友唯一的条件竟是只要美女即可，学识、人品等都可抛诸脑后，只因："不想在朋友面前丢脸！"

虽然他的确如愿以偿交到了一位漂亮的女友，但对方却不断向他要求金钱与昂贵的礼物，当他负了一屁股的卡债后，女友却转身离他而去。

"你不能怪我现实，因为你也不过是由外表来衡量我的一切，又怎能怪我用金钱来衡量你的价值呢？"女友抛下这句话后就离开他。

人人都爱俊男美女，无可讳言，对异性的第一印象也是来自对方的外貌。适度地修饰外表更是对彼此相互的尊重，但再美的外表也有看腻的一天，与其选择一张美丽的脸孔，不如选择一个相处起来让你舒服自在的人！